今日はあなたと恋日和

N a n a o & S o s u k e

葉嶋ナノハ

Nanoha Hashima

EB
エタニティ文庫

目次

今日はあなたと恋日和《こいびより》

黒い急須《きゅうす》へ茶葉を落とし、沸《わ》かしたばかりのお湯を注ぐ。

ようやく遠のいた残暑の代わりに、熱いほうじ茶の似合う涼しい風がやって来た。そんな十月初旬の午後、茶葉を蒸らしている間に鼻歌交じりで湯呑《ゆのみ》を選んでいた私を、リビングにいる母が呼んだ。

「七緒《なお》、ちょっとこっち来て」

「なぁに〜？」

ああ、芳《かぐわ》しい香り。

母の分のお茶も淹《い》れながら返事をする。手にした湯呑は思ったよりも熱い。あまり長い時間持ってはいられなそうだ。そう思った私は急いでリビングに入り、ダイニングテーブルに置いた。

目の前に座っていた母が顔を上げてにんまりと笑う。これは……何かあるときの顔だ。

「どうしたの？」

「ね、七緒。お見合いしてみない？」

「え！」

思わずお気に入りの湯呑を倒しそうになってしまった。

「いいから、そこ座りなさい。お茶、ありがとね。いただきます」

「う、うん」

私が、お見合い？　確かにもうすぐ三十だし、彼氏もいないし、彼氏どころかまだ……処女だし、お見合いでもしなければ今さら出会いなんてないだろうけど――って考えてたら落ち込んできた。

落ち着こうと、ふう、とほうじ茶を冷《さ》まし、ひと口啜《すす》った。ほっとする温かさが舌の上を滑ってゆく。

「お友達の知り合いの息子さんなんだけどね。お母さん、お友達に〝いい人いないかしら、安永《やすなが》さん〟って訊《き》かれちゃってね～。歳もちょうど良さそうだと思って、七緒のこと話したのよ」

「ふうん」

「まぁ無理にとは言わないけど……でもね、とっても素敵な人なのよ。ちょっと待って」

母は椅子《いす》の上に置いてあったバッグに手を入れて、ごそごそと何かを探し始めた。

――お見合いイコール結婚しろ、だよね。これって私に早く実家を出なさいっていう無言の圧力かな。楽だからって、いつまでも親元でぬくぬくしていたけど、そろそろ潮時なのかもね。

両親と弟夫婦たちの間で二世帯住宅の話も進んでる。さすがにそこに住まわせてもらおうなんて、図々しい考えは持っていなかったけれど。

ちょうどいい温度になった湯呑《ゆのみ》を両手で包むように握り、澄んだ飴色《あめいろ》のお茶を見つめた。

「いいよ、別に。お見合いしても」

「え！　あらそう？」

「うん。もう、いい加減家を出なくちゃとは思ってたし、お見合いで結婚が決まれば、それもいいかもね」

「ななちゃん、なんのおはなし？」

遊びに来ていた姪《めい》の帆夏《ほのか》が私の顔を覗き込む。父と鬼ごっこでもしていたのか、額《ひたい》からこめかみを通った汗が、つるつるの頬に流れ落ちていた。

「うーんとね、大事なお話だよ」

「だいじなおはなし」

膝の上に乗った帆夏の汗を、ミニタオルで拭いてあげる。ついこの間まで小さい赤ちゃんだったのに、こんなに大きくなって……。私も歳を取るはずよね。

「あったあった。ほら、このお写真見てみて！」

母が差し出したものから、慌てて顔を逸らした。心の準備が……！

「ちょ、ちょっと待って。まだ見たくないから、お母さん持っててよ」

「どれどれ。お、なかなかいいじゃん！」

いつの間にかやって来ていた弟が、細身の母の背後から写真を奪った。大柄で筋肉質の体形と、濃い目の顔は父親そっくりなのに、性格は母親似でノリがいいんだよね。私は見た目が母親似で、性格は慎重派の父に近い。

「やっぱり隆明《たかあき》もそう思う？　結構いいわよねえ」

「へえ、最近は写真屋で撮ったのじゃなくて普通の写真渡すもんなんだな。ほら、時恵《ときえ》も見てみ」

「ほんとだ〜！　眼鏡のイケメン男子ですよ、お義姉《ねえ》さん！」

弟のお嫁さんであり、帆夏のママでもある時恵ちゃんが満面の笑みを私に向けた。ショートヘアの似合う、いつも元気で溌剌《はつらつ》とした義妹だ。でも今日は、その明るい笑みを素直に受け取ることができなかった。

「ありがとね、時恵ちゃん。でも見たくないの」

「どうしてですか？」

「う〜ん、変に期待したくないから、かな。当日までのお楽しみにします」

本当は、お見合いなんて興味がない。

「なるほど。そういう考えもありますね〜。でも本当に素敵な感じですよ」

理想を言えば好きな人と恋愛して、それを結婚に繋《つな》げたかったな、なんて。この歳で馬鹿げた妄想はいい加減やめたほうがいいのは、わかってるけど。

「この方ね、七緒の写真見て、ひと目で気に入ったらしいわよ」

「え、ちょっと、私に何も言わないで勝手に見せちゃったの？」

「家族旅行のときのをね。だって、こっちだけ見せてもらうわけにはいかないじゃない」

「もう……」

お母さんの行動にあきれつつも、自分の身を振り返った。

好きな人なんて何年もいないし、彼氏がいたのも高校生のときだけ。

大学出てからずっと真面目にコツコツ働いて来たのに、その真面目さが仇《あだ》になって、会社ではお堅い人に見えるらしかった。可愛げがないって、陰で言われてるのを聞いてしまったこともある。誘われることもなく、誘うこともなく、いつの間にか二十九歳。

夢なんか見たって現実にはほど遠い。最初から諦めていればがっかりすることもない。

だから、必要以上に期待するのは、やめたかった。

「あ、お母さん。その人の情報も、お見合いまでいらないからね。名前も、職業も、見た目も、何も教えないで」

笑顔で言う私を見て、母はやれやれと肩を竦《すく》めた。帆夏と遊んでいたおもちゃを片付けた父が、母の隣に座る。

「ねえお父さん、いつごろ二世帯住宅建てるの？」

「ん？　ああ、そうだなぁ。来年辺りがいいか？　母さん」

「帆夏が幼稚園に入って、落ち着いてからがいいんじゃないの。隆明はどう？」

「それでいいと思うよ。しっかし、とうとう俺もローン持ちか。親子ローン、なあ」

「あら、嫌なの？」

「いえいえ、感謝しております」

おどけたような顔をして、弟が頭を下げた。

帆夏は来年の四月に幼稚園に入るから、園に慣れる期間を考慮しても、家を建てるまであと一年足らずということか。

お見合いで結婚を決めて家を出る。何となく口から出た言葉だけど、家族のためにも本当にこれが一番いいのかもしれない。こんな私を気に入ったなんて奇特な人がいるのなら、恋愛がどうのと贅沢《ぜいたく》言っている場合じゃない。そこにロマンチックだの、ドラマチックだの、そんなものはいらないはずなんだから。

＋　＋　＋

それから三週間が経ち、お見合いの日は今度の日曜日に迫っていた。

「おはよ」

眠い目を擦《こす》りながらキッチンへ入ると、そこにいた母が目を丸くして言った。

「おはよって七緒あんた、もう十時過ぎよ」

「有休なんだからいいでしょ～」

コンビニで買っておいたレーズンパンをトースターに入れて温める。コーヒーを淹《い》れている間に、甘い匂いを漂《ただよ》わせたパンを取り出し、お皿にのせた。

今日は木曜日。わざわざ平日のこの日に有休を消化するのにはわけがある。

「そうそう、七緒にこれ、来てたわよ」

ダイニングテーブルでパンにバターを塗る私に、母が差し出した。

「うっ……！」

手渡されたハガキを見て、頰張ったパンを喉《のど》に詰まらせそうになった。幸せそうな笑顔で写る大学時代からの友人と、彼女の大きなお腹に手を当てて、これまた幸せそうにしている男性の写真。二人の周りにハートがいくつも飛び交っている。

「それ、さっちゃんでしょう。よくうちに遊びに来ていた」

「うん」

「結婚したのねえ」

「おめでた婚で入籍済み。結婚式は赤ちゃんも一緒に来年の予定です、か」

ハガキに書かれた文章を棒読みする。それにしてもいつの間に……。これでとうとうあの頃の仲のいい友人の中で、独身は私一人になってしまったというわけね。

「おめでたいわね～。あんたも早くそうなるといいのに」

悪気のない言葉なんだろうけど、今の私には相当キツイ。ちぎったレーズンパンの上に、融《と》けた黄色いバターが染み込んでいく。とてもおいしそうなのに、続きを食べる気持ちが萎《な》えた。

「お母さん、私これからでかけるから」

「帰りは遅いの？　夕飯は？」

「わかんないけど多分遅くなる。夕飯はいらないよ」

「もしかして着物着ていくの？」

「まぁね」

「いい趣味よね～。最近流行《はや》ってるんでしょ、着物女子。そういうところを日曜日にしっかり相手の方にアピールしなさいよ」

ソファに座った母がリモコンで番組を替えながら笑った。小さくため息を吐《つ》いて、パンを残したお皿とコーヒーカップを片付ける。もったいないことしてしまった、けど。

私だって友人の幸せは嬉しいよ？　でも……ハガキを目にしたと同時に大きな焦りと少しの苛立ちを覚えて、嬉しさが萎《しぼ》んでしまった自分が情けなかった。やっぱり好きな人と恋愛して結婚をするというのは羨《うらや》ましい。

嫌な気持ちを振り払うように急いで自室へ戻り、クローゼットを開けた。着物を収納するために買った桐《きり》のチェストの浅い引き出しを、手前に引く。桐のいい匂いに、ささくれ立った心が慰められた。

半年前にカルチャースクールへ通って、三か月後には何とか着られるようになった和服。お気に入りの着物を着てどこかへでかけてみたくて、鎌倉を訪れたのは六月下旬の梅雨《つゆ》の最中だった。なぜ鎌倉かというと……着物で歩いても違和感のない街だと思ったから。家から割と近いし、お寺巡りが好きな私の、憧れの場所だからということもある。

一度目は、ほんの一時間ほど歩き回っただけで満足し、すぐに帰宅した。

二度目に着物で訪れたのは、その翌週の七月初め。梅雨明け間近の晴れた日で、思いがけない猛暑だった。ひどい暑さと着慣れない着物に気分が悪くなり、それに着崩れも起きて、その外出は大失敗。後悔した私は、夏の間は着物でおでかけするのはやめた。

そして涼しくなるのを待って、有休を取ったというわけだ。比較的空《す》いていて過ごしやすかったという理由から、一度目、二度目と同じ木曜日に。

「そういえばあのとき、手帖《てちょう》を失くしたんだっけ」

あまりの暑さに余程ぼんやりしていたのか、どこに置いて来たのかもわからない革の手帖。個人情報は書いていなかったから変な心配はないけれど、お気に入りを失くしてしまったのは残念だった。

そんなことを思い出しつつ、引き出しから、買ってからまだ一度も袖《そで》を通していない紬《つむぎ》をそっと取り出す。その重みとしっとりした手触り、秋らしい綺麗な色に自然と頬が緩んでしまう。早く着たかったんだもの。嬉しくてたまらない。

気分が悪くなっても大丈夫なように、今日は簡単な着替えを持って行くことにした。くるりと丸めた肌触りのいいニットワンピース、ウールのショール、半分に折り畳める柔らかなパンプスとカラータイツ、一応予備の眼鏡も。これらを風呂敷に包んで紙袋へ入れる。結構な荷物だけど、いいのいいの。備えあれば憂いなしなんだから。もしものときは着替えて、この袋へ着物を入れて持ち帰ればいい。

からし色の着物に撫子《なでしこ》色の帯を合わせる。蝶《ちょう》の形のブローチを帯留めにした桃色の帯締め。長い前髪は編み込みにして、後ろ髪をねじってひとつにまとめ、撫子の形をした簪《かんざし》を挿した。眼鏡はやめてコンタクトに。メイクはしっかりめに。目の詰まったあけびのかごバッグに、手拭いで作ったあずま袋を入れて、持ち物の中身が見えないようにした。

クローゼットの扉に付いている鏡の前に立つ。

「うん、いいんじゃない？」

眼鏡を外し着物を着て、いつもと違うメイクと髪形にする。たったこれだけのことで、つまらない日常と冴えない自分が、くるりと一八〇度姿を変えて目の前に現れてくれるのが楽しかった。

リビングにいる母へ声をかける。

「行ってくるね」

「その着物の色いいわねぇ。綺麗よ、七緒。雰囲気変わるわよね～！　ナンパとかされちゃうんじゃない？　お見合い控えてるんだから、ついて行っちゃ駄目よ」

「ないない」

大げさなんだから。廊下に戻る私に母もついてきた。

「ねぇ七緒。日曜日のお見合いは振袖着て行ったらどう？」

「そ、そんなの相手の人にドン引きされるに決まってるでしょ！　私の歳考えてよ」

「振袖は未婚女性の正装なんだから別に何歳で着たって構わないのよ。一応二十代なんだし、まだまだイケるって」

「振袖が似合うような華やかな人なら何歳で着たっていいだろうけど、地味な私には無理」

靴箱から草履《ぞうり》を出して玄関に揃えた。

「誰かと一緒なの？」

「……うん、着物友達とね。いってきます」

「気を付けてね～。いってらっしゃい」

誰かと一緒なんて嘘。でも一人だなんて言ったら、母にあれこれ詮索《せんさく》されそうで、それが何となく嫌だった。

とにかく、お見合いをして万が一にも上手く行ったら、着物を着て気ままにでかけるという贅沢《ぜいたく》な自由はなくなってしまうかもしれないんだし、今のうちに楽しんでおかなくては。


外は十月の下旬らしい爽《さわ》やかな秋晴れ。陽は暖かく、風もない。着物でお散歩するには絶好の日和《ひより》だ。

横浜駅から横須賀《よこすか》線に乗り、鎌倉駅で降りる。駅前はたくさんの人で、ごった返していた。時計は午後一時を過ぎたところ。

バスターミナルを出発した金沢八景《かなざわはっけい》方面のバスは、鶴岡八幡宮《つるがおかはちまんぐう》の手前を右へ曲がり、突き当たりの白い萩《はぎ》が咲き乱れる宝戒寺《ほうかいじ》前を左折する。金沢街道を進むバスに揺られて十分ほど経った頃、到着した浄明寺《じょうみょうじ》バス停で降りた。初めて訪れる浄妙寺《じょうみょうじ》は、のんびりできるお茶室があるらしく、以前から楽しみにしていた場所だった。そういえば、どうしてバス停とお寺の名前の漢字が違うんだろう。あとで調べてみようかな。

大きな桜の木の葉が色づき始めていた。その先にある浄妙寺の山門をくぐって入山料を払う。すっきりと手入れされた境内《けいだい》に、本堂が現れた。高さのある縁側に年配の女性が二人仲よく座り、端では猫が気持ち良さそうに丸くなっている。

お賽銭《さいせん》を入れ手を合わせ、本堂左脇からお茶室「喜泉庵《きせんあん》」へ向かった。入り口で代金を支払い、履き物を脱ぐ。余計なものが一切ない、設《しつら》えの美しい茶室へ足を踏み入れた。緋毛氈《ひもうせん》に正座をし、手にしていたかごと紙袋を横に置いて、障子《しょうじ》の開け放たれた向こうに広がる枯山水《かれさんすい》の庭を見つめる。

庭に向かって座っている、ご夫婦。私のあとからお茶室を訪れた人の足音。趣《おもむき》のある静かな佇《たたず》まいに自然と背筋が伸びる。やはり平日に訪れてよかった。

しばらくして私の前に干菓子が運ばれてきた。口に入れた途端、舌の上でふわっとほどける。上品な甘さを楽しんでから、お抹茶のお茶碗を手にしたとき、ふと誰かの視線を感じて顔を上げた。

振り向くと、斜め後ろの少し離れた場所に一人の男性が座っている。こちらを見ていたその人と目が合った。私よりも年下に見える彼は、珍しいことに和服を着ていた。若い着物男子を、この辺りで見かけたのは初めて。

その人が私に向けて、ほんのわずかだけれど微笑んだ。途端に心臓が大きく音を立て、視線を外すことができなくなる。奥二重の少し大きな目、すっきりとした顔立ちに、ふんわりとしたショートの黒髪。……すごく好みのタイプかも。

「わぁ、きれ〜い」

入って来た若いカップルの声にはっとした私は、男性から顔を逸らして前を向き、手元のお茶碗に視線を戻した。きめ細かく泡立てられたお抹茶から湯気が立ち昇っている。口に付けたお茶碗を傾けると、舌に絡まったお抹茶の香りが鼻を抜けていった。とてもおいしい。ひと呼吸おいてから、ふた口目を飲む。庭を見ていた夫婦が縁側を去る。自由な雰囲気だし、特別なお作法を知らなくても大丈夫だから、緊張せずに落ち着けるはずなのに。なぜか私の意識は、まだ斜め後ろを向いたまま。

どうしてあの男性は和服を着ているんだろう。私と同じように一人で来ているんだろうか。

近くに座ったカップルは意外にも静かにお茶を楽しんでいる。葉のざわめく音が茶室を通り過ぎた。

飲み終わったお茶碗の端を拭き、立ち上がって誰もいない縁側へ移動する。正座をして、目の前の見事な枯山水にため息を吐いたとき、ぎし、と板を踏む音が響いた。そちらを向くと、さっきの和服の彼が縁側の左端で何かへ耳を寄せている。

確かあれは水琴窟《すいきんくつ》だった、と思う。水滴の落ちる音が反響して美しい音色を奏《かな》でるのを聞くことができるとか。ガイドブックに書いてあったから、ここへ来たら私も聞いてみようと思っていたのに、すっかり忘れてた。

彼の姿に、再び胸が高鳴る。やや細身の体つきを表しているような羽織《はおり》の肩の線が、何とも言えない色気を感じさせた。どうしよう、目が離せない。

そちらを見つめていると、また彼と目が合ってしまった。なぜかその人はこちらへ近付いてくる。別に何をしたわけではないけれど何となく気まずくて、顔を伏せて静かな足音を聞いた。

「お先に失礼しました。どうぞ」

「え？」

顔を上げると、すぐそばで私を見下ろす彼がいた。

「いい音でしたよ」

穏やかな声と、目尻を下げた優しげな微笑みに囚《とら》われて、時が止まったようだった。

何か言わなくちゃ……

「あ、……はい。すみません」

「いえ」

答えたその人は、喜泉庵を出て行った。

——なんて、素敵な人なの。

一度認めたら、止まらなくなった。和服がとてもよく似合っていた。歩き方も堂々としていて、彼の衣擦《きぬず》れの音が耳に心地よかった。何より……笑顔が印象的だった。

ひと目惚れの経験なんてない。慎重すぎて、好きな人すらなかなかできなかったくらいなのに……。こんなふうに思ったのは初めてだから、自分の気持ちに戸惑ってしまう。

結局、水琴窟を聞いてすぐに、私もお茶室をあとにした。あの人、もうお寺を出て行ってしまっただろうか。彼を探して早足で進む。飛び石につまずきそうになりながら、本堂の脇を通り過ぎようとしたとき——見つけた。

彼は本堂の縁側に座って、遠くを見ていた。全身に緊張が走る。烏《からす》が鳴いたと同時にこちらに気付いた彼に軽く会釈をして、逃げるようにそこを去った。

お一人ですかなんて、大胆なことを訊《き》く勇気があればよかったのに。でも、迷惑かもしれないという思いが先に立って、とてもじゃないけど無理だった。和服を着て見た目だけは変身しても、結局中身までは変われないってこと。

はぁ……何だか変に疲れてしまった。早くバスに乗って鎌倉駅まで戻ろう。

金沢街道を向こう側へ渡り、鎌倉方面のバス停に並ぶ。

あの人、まだ本堂の縁側に座って遠くを見つめているのかな。そんなことを考えていたそのとき、通りの向こう側を、思い描いていた彼が歩いて来るのが見えた。途端に鼓動が速まる。

同じバスに乗るんだったらどうしよう……って、どうもしないか。バス停を通り過ぎて竹林の見事な報国寺《ほうこくじ》に行くのかもしれない。だからといって、そこについて行ったら……ストーカーよね。うん、わかってる。

本当はいろいろ考えているクセに、彼のことなど微塵《みじん》も気にしていない素振りで、私はかごバッグからスマホを取り出し眺めた。バスが近付く音が聞こえる。並んでいる人について歩き、彼の姿を確認することなくバスに乗った。

後ろの空席に座って顔を上げると、予想に反して、彼も同じバスに乗り込んで来ていた。こちらを見るでもなく優先席の前に立ち、吊革につかまって窓の外へ顔を向けている。どうしよう……。だからどうもしないってば……！

あとから乗ってきた女性グループが、彼を見るなり目配せしたり、何度も彼を振り向いている。

誰が見ても……素敵だよね。

たった十分ほどの時間が、とても長く思えた。

終点の鎌倉駅のバスターミナルに着いた。彼は、さり気なく、そばにいたお年寄の大きな荷物を持ってあげながら、バスから降りた。順番に私も降りる。このあと、どこに行くんだろう。立ち止まって信玄袋《しんげんぶくろ》に手を入れ、何かを探している彼の横を通り過ぎた。もちろん声なんてかけてもらえないし、自分からかけることもできない。

緑色の車体が可愛らしい江ノ電に乗って、長谷《はせ》駅に到着した。

この駅は、平日とは思えないほど混雑していた。お店が並ぶ長谷通り沿いを歩いて鎌倉大仏で有名な高徳院《こうとくいん》へ行く。夏に訪れたときは深い土と緑の匂いが強かったこの近辺も、今は秋風の香りが漂《ただよ》うばかり。お土産屋《みやげや》さんの横を通り過ぎて、拝観受付に並ぶ人を見た私の心臓が再び大きく跳ねた。

「あ……」

さっきの、あの人！

後ずさりながら、そちらを見つめていると、彼が振り向いた。一瞬目が合ったけれど自分から逸らしてしまった。彼のあとを追って来たと、変な誤解をされたら困る、なんて思って。

それにしても……彼も鎌倉から江ノ電に乗って、そして長谷駅で降りたってこと？人が多かったから、全然気付かなかった。

ぎこちない動きで私も拝観受付へ進む。彼はもちろん私のことなど気にせずにそこを離れ、大仏様のほうへ行ってしまった。ホッとしつつも、少しだけがっかりしている自分がいた。もしかして今度こそ喜泉庵のときみたいに声をかけてくれるかもしれない、なんて淡い期待をしていたらしい。そんな自分が恥ずかしい。

ついさっき出逢ったばかりの、たったひと言交わしただけの人に一人で赤くなったり、そわそわしたり緊張したり、胸を撫で下ろしたりして、私ってば単純すぎる。でも、古都鎌倉で、お気に入りの着物を着て、いつもと違う日常の中、あんな人と一緒にこの辺りを巡れたらきっと楽しいだろうな、なんて思ってしまったんだよね。

高徳院の境内《けいだい》では、様々な葉が秋の色を纏《まと》い始めていた。大きくて立派な大仏様の前の賽銭《さいせん》箱へ小銭を投げ入れ、手を合わせた。大仏様の後ろには雲ひとつない抜けるような青空。余計な気持ちが洗われるようだ。左側から回り込んで進み、大わらじのある方へ向きを変えた、そのとき。

急ぎ足で目の前に現れた人に、ぶつかりそうになった。

「お、っと」

「あ！」

よろめいた私の腕を取った、その人は――

「すみません、大丈夫ですか？」

「は、はい」

またもや……。わざとじゃないのに再び彼に近付いてしまった。彼の紺色の羽織《はおり》の袖《そで》と私の着物の袖が触れ合っている。知らん顔するわけにもいかないし、何か言ったほうがいいんだよね。

迷っている私に、彼が苦笑しながら言った。

「さっきから、よく会いますね。浄妙寺でご一緒したの、覚えてますか？」

「ええ」

腕を離したその人を間近で見上げる。私よりも十五センチくらい背が高い感じがした。顔も首筋も肩も、全体的にすっきりとした容姿で、近くで見るとますます……好み。

「お仕事か何かのご用事で鎌倉に？」

目が合った私に、彼が尋ねた。

「いえ、そういうわけではないんです。観光というか、この辺りが好きなので散策に」

「そうなんですか。僕も好きなんですよ、この辺」

秋の午後は控え目な光を優しく投げて、地面に頼りない影を作っていた。

「もしよかったら一緒に回りませんか」

「え」

「お一人ですよね？」

信じられない彼の問い掛けに、小さな声で「一人です」と返事をするのが精一杯だった。

私と、一緒に？　湧き上がる嬉しさを抑えられない。

でも、懸命に、冷静になるのよと言いきかせる。

何考えてるの。さっき見かけたばかりの名前も知らない人に対して、こんな気持ちを持つなんて――

「僕もなんですよ。好きなところが似てそうだし、どうですか？　和服を着た者同士で鎌倉巡り」

でも、私。

「……はい……お願い、します」

戸惑う心と裏腹に、当たり前のように頷いてた。

大わらじのそばにあるベンチに、二人で座る。

彼は着物を着慣れているのか、動作にぎこちなさのようなものを全く感じさせなかった。そんなところにも、いちいちときめいてしまう。黒い足袋《たび》に雪駄《せった》という彼の足元を見た。身近に着物を着た男の人がいないせいか、隅々《すみずみ》にまで目を引かれた。

「意外と着物姿の人は少ないんですね。もっと多いのかと思っていましたが」

私の視線に気付いたのか、大仏様を見ながら彼が先に口をひらいた。襟元から出ている首筋や喉《のど》仏が妙に色っぽくて、一人でどぎまぎしてしまう。

「私、七月の初めにも着物でここに来たんです」

「七月の初め、ですか」

こちらを向いた彼にすぐそばで見つめられて、頬が熱くなる。黒目が綺麗。

「ええ。そのときは着物の方と何人かすれ違いました。猛暑日だったんですけどね」

私は悲惨な目に遭ったけれど、着物を着慣れたふうの人は皆涼しげな顔で歩いていたのを覚えている。あんなふうになるまでの道のりは、遠そうだ。

「着物を着るなら猛暑日よりも、今の時期のほうが絶対にいいな。そう思いませんか？」

「ええ、本当に」

楽しげに笑いかけられて、そこでようやく私も笑顔で返事ができた。

外国人のツアー客や遠足の学生が次々に訪れて、辺りが途端に騒がしくなった。

「今日、僕は仕事が休みなんですが、あなたも？」

「はい。といっても有休なんです。鎌倉は平日のほうが回りやすいかと思って」

「土日はすぐに帰りたくなるくらいの、ひどい人出《ひとで》ですからね」

顔を見合わせて小さく笑った。些細《ささい》なことなのに何だろう、胸の中がほわっと温かくなる。

「撮られてますよ、ほら」

「え？」

外国人観光客の数人が、遠くから私たちへデジカメを向けていた。

「着物が珍しいんでしょう。一人ならまだしも、男女二人揃っている、というのがまたターゲットになる理由かもしれませんね」

「あ、そうかも」

「何だか照れくさいな。ポーズ決めるわけにもいかないし」

困ったようにうつむく彼がおかしくて、思わずクスリと笑う。するとますます照れたようで、私から顔を逸らして向こうを向いてしまった。

初対面の人に可愛い、なんて思ったら失礼かな。

この人の纏《まと》う空気が、不思議なほど心地よかった。緊張はしていても、言葉は躊躇《ためら》うことなくすらすらと出てくる。普段、人見知りの私には考えられないことだった。彼の和服が目に付いたことは確かだけれど、それ以上にこの人自身の魅力に惹きつけられている。

観光客が去ると、安心したようにこちらを向いた彼が首を傾げて私に尋ねた。

「このあとは、どこへ行く予定でした？」

「特には決めていません」

「じゃあ、駅に戻りがてら長谷寺へ行きませんか」

「ええ」

彼と一緒にベンチから立ち上がり、高徳院をあとにした。

三時過ぎに長谷寺へ到着した。大きく枝を伸ばした立派なもみじの木々。その葉が色づくのは、まだ少し先のようだ。ゆっくりと歩いて、美しい庭園を堪能《たんのう》する。荘厳《そうごん》な観《かん》音《のん》様にお参りして、私はてんとう虫のお守り、彼は手のひらにすっぽり収まる身代わり鈴を購入した。

長谷通りに戻って雑貨屋に寄ってもらう。外国のアンティークが並ぶ中、私は帯留めに使えそうなものを探した。彼はこういった店に入るのに何の抵抗もないらしく、可愛い店内で一緒に雑貨を眺めてくれている。しばらくするとレジに向かい、何かを買ったようだった。私のほうは結局、いいものが見付からず、全然関係のないアクセサリーばかり見てしまった。

「すみません、付き合わせてしまって」

「僕は楽しかったですよ。普段こういうものには縁がないので」

お店を出たところで優しく笑った彼は、信玄袋に購入したものをしまった。

駅に向かって歩きだし、人通りの多い場所を抜けていく。改札の手前で立ち止まった彼が、私に言った。

「歩き慣れていらっしゃいますよね」

「そんなことはないんですけど、今日は調子がいいみたい」

「それはよかった。僕も一人でいるよりは足取りが軽いかな。ところで、あの」
「？」
「お時間大丈夫でしたら、もう少しだけ付き合っていただけませんか」
「ええ、もちろん」
私もまだ帰りたくはなかったから、誘ってくれて嬉しかった。

再び江ノ電に乗る。極楽寺《ごくらくじ》駅を過ぎて稲村ヶ崎《いなむらがさき》駅へ着く手前、窓の向こうに海と空が広がった。私たちは山のほうを向いて並んで座っていたから、後ろにある窓を振り向いて二人で青い海を眺めた。傾き始めた日の光が、きらきらと海に反射している。何人ものサーファーが波に乗り、遠くに揺れるヨットが見えた。

七里ヶ浜《しちりがはま》駅と鎌倉高校前駅から学生がどっと乗り込んで来たため、座席を詰め、彼との距離が近くなる。満員電車と同じと思っても顔が火照《ほて》ってしまい、ごまかすためにうつむくしかなかった。

緊張しているうちに江ノ島駅に到着した。地下道から地上へ出ると、江の島大橋が現れた。橋の先には江の島がある。青い海から吹く風が、着物の袂《たもと》を大きくはためかせた。空の高い所でとんびが鳴いている。潮の香りを深く吸い込み、解放感を味わった。

長い橋をゆるゆると渡る。それから青銅の鳥居をくぐって、坂の参道を上った。

「疲れませんか？」

「ゆっくり歩いてくださっているから大丈夫です」

彼は度々《たびたび》私を振り向いて、歩幅を合わせてくれる。

参道を上りきると、だいぶ日が落ちていた。さらに上へ行くにはもう時間が遅いということで、ここから海を眺めることにする。

人の多い場所から少し離れて遠くを臨むと、日暮れの中にぽつぽつと外灯が点《つ》き、湾岸に夜景が見えた。

「綺麗……」

私にはもったいないくらいの素敵な日だった。夢なら覚めて欲しくないなんて思ってしまうくらいの。

「今日は、ありがとうございました」

お辞儀をした私に、彼も頭を下げた。

「僕のほうこそ、ありがとうございました。楽しかったです」

「私も楽しかったです、とても」

微笑んだ彼が信玄袋に手を入れた。いつの間にかやって来た猫が、そばのベンチに座ってこちらを見ている。目が合うと、ごろんと寝転がってお腹を見せた。その仕草が可愛くて思わず笑みが零れる。

「よかったら、これ」

彼の声に視線を戻す。差し出された手のひらには紙袋がのっていた。

「何ですか？」

「開けてみてください」

手に取って袋の中を覗くと、透明なケースに入った繊細なシルバーのチェーンが見えた。小さな乳白色の陶器でできた、バラのペンダントトップのネックレスだった。

「これ、さっきのお店の!?」

「何度も見ていたようだったので。今日のお礼に受け取って下さい」

あまりの可愛さに、帯留め探しもそっちのけで見ていたアンティークネックレスのうちの一つだ。結構なお値段だから買うことはやめたんだけど、彼がそれに気付いていたなんて。

「いただけません、こんな」

「いいんです」

「でも」

「後悔しますよ」

彼が表情を曇らせた。

「え？」

「あとからその場所に行っても、二度と巡り会えないかもしれないじゃないですか」

真剣な眼差しと低い声に、心臓がどくんと跳ねた。急に雰囲気が変わった気がして戸惑う。

「手に入れておけばよかった、なんて思うより、買ってから後悔したほうがまだいいでしょ？」

クスッと笑った彼は私の手からケースを奪い、ネックレスを取り出した。留め具を外して私の首元にそれを着けてくれる。

「似合ってます。着物に合わせても、おかしくない」

「ありがとうございます。申し訳ないですけど、お言葉に甘えて……いただきます」

首に触れるチェーンから彼の心遣いが伝わるようで何だかくすぐったい。階段を下りてくる人たちが私たちの横を通り過ぎていった。

「あの、私にもお礼をさせて下さい」

「何もいらないですよ」

「せめてお茶くらいは、ごちそうさせて欲しいんですが……」

「それじゃあ」

かがんで近づいた彼が悪戯《いたずら》っぽく、にっと笑った。少し子どもっぽいその表情にどきりとする。

「今から夕飯に付き合ってもらえませんか？　僕、お腹空《す》いちゃって。もう六時過ぎですよね」

「それはもちろんお付き合いしたいんですけど、あの」

お茶を奢《おご》るくらいなら余裕で持っているんだけど、食事となると心配が先に立つ。お酒も飲むよね？　もしも足りなければカードを使えばいいかな。お財布の中身を頭の中で計算していると、焦る私を安心させるかのように彼が言った。

「僕がお誘いしてるんだから、会計の心配は要らないですよ」

「でもそれじゃ、なおさら困ります」

「というか、実はもう予約入れちゃってるんですよ。謝らなければいけないのは僕のほうで」

「予約？」

「あなたが席を外している間に。……すみません」

さっき、お手洗いに行ったときだろうか。

「僕が勝手なことを言ってるんですから、どうぞ気兼ねなく。あ、でも無理なら断って下さいね」

「無理じゃない、です」

本当は、私ももっと一緒にいたかったから。

「和食は大丈夫ですか？」

「ええ、好きです」

「じゃあ行きましょう。冷え込まないうちに」

薄暗い石段を下りて、参道を戻った。両脇に並ぶお店は行きと同様の賑《にぎ》わいで、縁日《えんにち》の夜店のような雰囲気を醸《かも》し出している。外灯の下、空車を表示したタクシーが数台並んでいた。彼のあとについてタクシーの後部座席へ乗り込む。

「どちらまで？」

「プリンシパルまで、お願いします」

え……？　それってもしかして、ホテルの？

驚いた私はひとつ息を吸い込み、彼に聞こえないよう静かにそれを吐き出した。タクシーが発車する。フロントガラスに迫る江の島大橋を見つめながら平静を装い、混乱する頭の中で考えをまとめた。

あそこはきちんとしたホテルでレストランが絶対にあるはずだから、何もおかしなことはない。私が考え過ぎなの。せっかく誘ってくれたものを必要以上に構えては駄目。お互い大人なんだし、これくらいのことで動揺はしない。大丈夫。

タクシーは海沿いの国道を走っていく。右側に座る彼の向こうに湘南《しょうなん》の海が見えた。日が落ちたあとの水平線に近い空はオレンジ色をわずかに残し、降り注ぐ群青に呑み込まれそうになっている。

贈られたネックレスのペンダントトップをそっと指先で触り、彼の言葉を思い出した。

――あとからその場所に行っても、二度と巡り会えないかもしれないじゃないですか。

心臓の音と共鳴するかのように、星がひとつ、ふたつと宵闇の空に瞬《またた》き始めていた。

やがて目の前に、明かりに照らし出された美しいホテルが現れた。途端に高まる緊張が、手のひらを湿らせる。食事に来たのよ、食事に。それだけなんだから落ち着いて。

「あ、ここでいいです」

ホテルの手前で彼が運転手さんに告げた。

「ここでよろしいですか?」

「ええ。ありがとう」

素早く支払いを済ませた彼とともに降りたすぐ前には、古民家のような佇《たたず》まいの建物。

ホテルの敷地内のようだから、もしかしてこれが……お店?

「ここ、鉄板焼きがおいしいんですよ」

「あ、そうなんですか。初めて来ました」

ホッと胸を撫で下ろす。と同時に、彼に対して申し訳ない気持ちが込み上げた。約束通り食事に連れて来てくれただけなのに。これだから男慣れしてない女は駄目なのよ。

「あ、ちょっとここで待っていて下さい。先に確認しておきたいことがあるので」

「え？　ええ」

「すぐに戻りますね」

早足で進んだ彼が一人でお店に入る。手持無沙汰になって振り返り、ホテルの外観をぼんやり見つめた。正面入り口は、ここよりもっと奥にあるらしい。

ドアの開く音と同時に、彼がこちらへやって来た。

「すみません、お待たせしました。行きましょう」

「はい」

店内に入ると、店員さんが私たちへお辞儀をした。

「いらっしゃいませ。こちらへどうぞ」

太い梁《はり》が何本も走る、吹き抜けの天井。カウンター席の前にはお酒の瓶が並び、大きな鉄板があった。私と彼は窓際のテーブル席へ案内された。窓ガラスの外のずっと遠く、闇の中に小さないくつもの光を纏《まと》う江の島が見える。

「どうせなら窓際がいいかな、と思ったんですが、暗くてあまり見えませんね」

苦笑した彼とともに椅子《いす》に座った。

「それで、さっき確認されてたんですね。窓際の席かどうか」

「あ、ええ、まぁ……そんな感じです」

お店の前で私を待たせたのは、それが理由じゃなかったの？　一瞬戸惑いの表情を見せた彼の言動が引っかかった。

「お酒は飲めますか？」

「少しなら」

「僕も少しだけ飲もうかな」

種類がたくさんあるので迷いながら、お酒を選ぶ。

「桃酒を」

「僕は湘南ビールで」

「かしこまりました」

店員さんが去るのを見届けてから、彼が肩を竦《すく》めた。

「喉《のど》渇いちゃって」

「たくさん歩きましたもんね」

「ですね」

彼のはにかんだような笑顔に合わせて、私も笑った。笑い方が無邪気な感じに思える。

やっぱりこの人、年下なのかな。

乾杯をしてから、一品料理を選んだ。料理を待つ間に、あずま袋の中で泳いでいた、拝観料と引き替えに渡されるチケットと手帖《てちょう》を取り出した。手帖をひらいて、チケットをカバーに挟む。

「それ、いつも手帖に入れているんですか？」

「ええ。どこかに行ったときは必ずこうして記念に挟んでおくんです」

「そうですか……」

江の島でネックレスを差し出したときのように、彼の表情が再び曇った気がした。でもそれはほんの一瞬のことで、すぐに元の優しげな表情に戻ったから、私は安心してそのあとも話を続けた。

お酒を飲みながら口にした生しらすは、ねっとりとしていて味が濃厚だった。湘南でとれたという魚のお造りは甘く、大根の煮物はほろほろと口の中で崩れてしまう。

「僕は都内に住んでいるんですが、あなたのお住まいはここから近いんですか？」

「横浜です。都内からだと、ここまで結構お時間かかりませんか？」

「たまに仕事関係で鎌倉には来ているんですよ。今日は完全にオフなので普段は見られない場所に行こうかと、うろうろしていました」

あなたがいてくれてよかった、と彼が呟いた。そんな嬉しいことを言われても、どういう顔をしていいかわからない。

「お待たせいたしました」

地野菜の鉄板焼きが湯気を立てている。続けて運ばれた帆立貝《ほたてがい》と車海老《くるまえび》は、新鮮で味が濃厚。そして黒毛和牛は塩とわさびで食べるのがおいしかった。でも胸がいっぱいで、たくさんは口にすることができない。

彼が私の隣の椅子《いす》を見た。

「荷物多いですよね。重くなかったですか」

「え、ええ全然。……お土産《みやげ》なんです」

まさか着替えの洋服が入ってるなんて想像もできないよね。折り畳みのパンプスまであると知られたら、あきれられちゃうかも。

「言いそびれていましたが……その着物、あなたにとてもよく似合っていますよ」

突然放たれた彼の言葉に、胸が熱くなる。優しい視線から逃げるように、からし色の着物の袖《そで》に目をやった。

「あ、ありがとうございます。これアンティークの着物なんです。綺麗な色で秋らしいかと思って買いました。でも初心者なので、こういう合わせ方でいいのかよくわからないんです。あの、男性の着物姿も、とても素敵ですよね」

「僕も初心者なんですよ。どうしたらいいのか、まるでわからないんで、呉服屋で選んでもらったのをそのまま着てます」

「ご自分で着られるんですか？」

「一応。趣味で始めたばかりだから、着慣れてる人から見ればおかしなところがたくさんあると思いますが」

「私も、そう思われているかも」

お互い初心者だということに、またひとつ緊張が解けた。私の様子に気付いた彼が覗き込むような上目づかいで言った。

「安心しました？」

「……安心しました」

「僕も」

二人で顔を見合わせてクスクスと笑う。今日何回目だろう、こんなふうにして笑い合うのは。小さな秘密を共有したときのわくわくするような思い。男の人と胸をときめかせながら話すという、この感じが……知ってしまったら抜け出せないくらいに心地よかった。

「今度は、お互い着物じゃないときに源氏山《げんじやま》のほうへでも行きませんか」

「銭洗弁天《ぜにあらいべんてん》や佐助稲荷《さすけいなり》があるほうですよね」

「あの坂は靴で行かないと、僕にはまだまだ無理かな」

「私も草履《ぞうり》では無理です。靴でも少し大変ですもんね」

今度、なんて素敵な約束に答えてしまっていいのだろうか。すっかり忘れそうになっていた三日後に予定しているお見合いのことが、頭を掠《かす》めた。でも……今は何も考えたくない。

鎌倉周辺のお店や、これから行ってみたいお寺、着物のあれこれなどを話して、時間は瞬《また》く間に過ぎて行った。

「お時間、まだ大丈夫ですか？」

「ええ。明日も有休を取ってあるので」

「そうですか……」

微笑んだ彼は窓の外へ視線を移した。私も同じように窓の外へ目を向ける。暗闇を見ていたはずなのに、いつの間にかガラス越しに彼と見つめ合っていた。恥ずかしいのに、なかなか視線を外すことができない。

ふいに、彼が立ち上がった。

「ちょっと失礼。すぐに戻ります」

「あ、はい」

お手洗い、かな。

「好きなもの、頼んでていいですからね」

「ありがとうございます」

彼の笑顔に私も笑顔で返す。

窓の外では、江の島の灯台が規則的にこちらへ光を投げていた。さっき島の上から見下ろしていた遠くの場所に今、私がいる。それが、とても不思議なことに思えた。

しばらくして彼がテーブルに戻って来た。

「お待たせして、すみません」

「いえ」

席に着いた彼は、私を見ずに再び窓の外へ視線をやった。表情から笑みが消えて、黙り込んだままだ。

「……あの？」

ついさっき、ここで笑っていた彼とは全く違う様子に不安な気持ちになる。

私、調子にのり過ぎたのかも。ずいぶん時間が経ったというのに、一向に帰ろうとする素振りも見せないことが重荷になったとか。こんなときに気の利いた言葉ひとつ思い浮かばない自分が情けなかった。

「――そろそろ、帰りましょうか」

名残惜しいけど仕方ないよね。私は自分の気持ちを抑えて、そう口にした。彼の視線がこちらに向けられる。何か言いたげなその瞳を、戸惑いながら見つめ返した。少しの沈黙のあと、彼が静かに言った。

「部屋を、取りました」

「え……」

真っ直ぐな眼差しに捉えられて、身動きが取れない。

「正直に言います」

「着物姿のあなたを見かけたときから、気になって仕方がありませんでした。高徳院では偶然を装って、あなたに近付いたんです。ぶつかりそうな振りをして」

大仏様の後ろ側に回り込んだときのことが頭に浮かぶ。……偶然では、なかった？

「一緒に過ごしてみて、僕の思った通りの人だということがわかりました。控え目で慎ましくて、笑顔が素敵で……離れ難くなりました」

彼はまだほとんど口を付けていない焼酎の入ったグラスを、両手でぎゅっと握った。

私の心まで一緒に掴まれたようで苦しくなる。この激しい動悸《どうき》は、お酒のせいだけじゃない。

「江の島に行ったのも、食事に誘ったのも、何とか時間をかけて一緒にいたかったからなんです」

彼の言葉で私の中がいっぱいになり、いくら冷静に考えようとしても無駄だった。

「あなたと、このまま別れたくない」

切なげな声に、胸の奥が軋《きし》む。

「朝まで……僕と一緒にいてくれませんか」

夢心地だった世界から一転して、目の覚めるような思いだった。朝まで、ということは、私の勘違いでなければそういうことで……いいんだよね。

きっとこの先の人生で、こんなにも素敵な人に出逢うことなんてないだろう。それに……お見合いは三日後に迫っていて、私にはもう自由な時間がない。

「今日逢ったばかりなのに、こんなことを言う僕のこと……軽蔑しますか」

「そんな、軽蔑なんてしていません」

思わず、言っていた。でも本気なんだろうか。本気で……私と。

「――私も、同じことを思いましたから。あなたと……」

自分でも驚くような言葉だった。

こんな言葉を口にしてしまうほど、私も、彼と別れ難かった。今は、お見合いのことなんて忘れて、この人と一緒にいたい。

「それは僕の思いに応えてもらえる、と理解していいんでしょうか」

「……ええ」

もしかしたら、こういうことに免疫のない私は、彼の甘い言葉に引っかかってしまっただけなのかもしれない。簡単に落ちた私は、心の中で笑われているのかもしれない。

でも、それならそれでよかった。

お見合いをして、好きでもない人と結婚するのなら、その前に一度でも夢を見てみたかった。恋に近いものに浸《ひた》って肌を合わせてみたい。この人とならいいって……そう思えてしまったから。

「そうですか」

彼は一瞬悲しい表情をして口を引き結んだ。その翳《かげ》りに困惑する。もしや軽い女だと思われたの？　でも自分から誘っておいて、そんなことを思うもの？

「ありがとう。もうしばらくしたら部屋に行きましょう。あなたの気が変わらないうちに」

後悔しても、二度と巡り会えないかもしれない。彼の言った言葉を無理やり今の自分に当て嵌《は》めて、一緒にいることを正当化しようとしていた。

外泊することを母にメールし、お店の外で待っている彼のもとへと急いだ。

冷たい風が海のほうから吹き上げ、私の着物の袂《たもと》をパタパタとはためかせた。足元から虫の音が聞こえ、真っ暗な空には明るい月が輝いている。

「結構寒いですね。大丈夫ですか？」

「はい。あ……」

彼が私の肩を抱き寄せた。その力強さに……これからこの人に抱かれるんだと、頭ではなく体で思い知らされた。私、何も知らないのに、ちゃんとできるだろうか。

小さな秘密の共有ではなく、今度は本当の秘密を二人で作りにいく。ひそかな共犯者の横顔をそっと見上げ、胸に覚悟を決めた。

曇《くも》りガラスでできたカーブを描く横長の壁は、内側から漏れる灯りで全体がライトアップされたように見える。身を寄せ合いながらそこを通り過ぎ、入り口からロビーへ入った。

既に鍵を持っていた彼と、客室に向かって進む。先ほどのガラスの壁の内側は客室前の廊下になっていて、どこまでも温かいオレンジ色の灯りが幻想的だった。ドアの前で彼が立ち止まり、ルームキーを差し込んだ。

部屋は空調が効いていて、ふんわりとした暖かさに体が包まれる。ツインのベッドルームが目に飛び込んだ。その現実を目《ま》の当たりにして恥ずかしくなった私は急ぎ足で窓際へ行き、椅子《いす》の上に荷物を置いた。

「外、見えますか？」

部屋の中で初めて、彼が言葉を発した。カーテンを少し開けて外を見る。

「国道を走る車が見えます。江の島の灯台も」

すぐ後ろに立った彼は私の両肩に手をのせ、うなじに顔を埋《うず》めた。

「！」

敏感に体が反応してしまい、大きく身をよじらせる。私のうなじに何度も唇を押し当てている様子が目の前のガラスに映っていて、かっと顔が熱くなった。知識だけはあるけど、このまま任せていいものなのかどうなのか……首筋に当たる感触に気がいってしまって何も考えられない。

後ろから私を抱きしめた彼は、自分のほうへと向き直らせた。顔を近付けられ、咄嗟《とっさ》に瞼《まぶた》を強く閉じる。いきなりこんな……どうしよう。

肩を縮ませていると唇が重なった。彼の腕の中で身を固くする。ついばむようなキスに慣れてきた頃、彼の舌がゆっくりと私の口の中に入って来た。驚いて肩がびくりと揺れてしまう。私も同じようにしたほうがいいんだよ、ね？　でもタイミングが上手く掴めない。されるがままになっていると、一旦唇を離した彼が掠《かす》れた声で甘く囁《ささや》いた。

「あなたの舌も、僕にください」

再び含まされた柔らかな舌に、恐る恐る私の舌を差し出して応えた。彼は私の舌をすくい取り、何度も強く吸い上げた。柔らかくて温かくて絡ませた先から溶けてしまいそう。初めてなのに不思議なほど嫌じゃない。嫌だと思うどころか、もっと……して欲しいくらい……

「ん……」

頭がぼうっとして体が熱い。次第に深まる口付けに声が漏れそうになるのを堪《こら》えたせいで、息遣いが荒くなる。そこに反応した彼が私の体を優しく撫で始めた。それだけなのにたまらなく気持ちよくて、足元から崩れてしまいそう。

「あの」

唇を離し、私と同じように小刻みに息をしていた彼が申し訳なさそうに言った。

「すみません……どこから脱がせたらいいか、わからないんです。女性の着物に触れるのは初めてで」

「あ、えっと……この紐《ひも》を」

震える手で帯締めをほどくと、彼がそれをゆっくりと引っ張って取り上げた。

「次は？」

「つぎ、は……、あっ」

耳に唇を押し付けられて、帯に置いた手が止まってしまう。彼は私の耳を舐《な》めながら自分の羽織《はおり》を脱いだ。衣擦《きぬず》れの音に重なる熱い息遣いと彼の唇の心地良さに、足の間がどんどん濡れてしまっているのがわかる。

「素敵な着物なので、これ以上はやめておきます」

手を止めた彼が私をそっと抱きしめた。

「慣れない僕が下手に脱がせて、あなたのお気に入りの着物が皺《しわ》になったら大変ですよね。すみません、せっかく教えてくださろうとしたのに」

「いえ、そんなこと」

微笑んだ彼は私に軽くキスをしてから、自分の帯に手を置いてほどき始めた。

「僕が先にシャワーを浴びますから、その間に……脱いでいて下さいっていうのもなんですけど、着物を畳んで待っていて下さいますか」

「はい」

着物を脱ぐ彼を見てはいけない気がして、慌てて背を向けた。

「浴衣《ゆかた》がありましたから、あなたの分はベッドの上に置いておきますね」

「あ、ありがとうございます」

がちゃりと音がして振り向くと、彼は帯をベッドの上に残して、バスルームへ入ったようだった。

ひと息吐《つ》いて帯揚げに手を回す。まだ、手が震えている。帯をほどいて着物を脱いだ。ベッドの上に帯と着物を広げて丁寧に畳む。足袋《たび》も襦袢《じゅばん》も脱ぎ、ホテルの浴衣に袖《そで》を通してから、裾《すそ》に手を割り入れてショーツの中を確認した。

「……やだ、どうしよう」

さっきから感じてたけど……キスだけでこんなに濡れちゃうものなんだ。恥ずかしいから早く洗ってしまいたい。浴衣帯を締めて、紙袋から取り出した風呂敷をデスクの上に広げた。畳んだ着物や帯や襦袢、髪から抜いた簪《かんざし》を重ねてのせる。

シャワーの音が消えた。

心臓が、どくんと跳ねる。このあと、またあんなに熱いキスをされるのかな。というか、キスどころの話じゃないわけで……

「あれ……？」

そういえば帯締めがない。彼、どこへ置いたんだろう。辺りを見回してみる。窓際へ歩み寄ると、椅子《いす》の上にあった。でも蝶《ちょう》の形の帯留めは紐《ひも》から抜けてしまったのか、どこにも見当たらない。とりあえず帯締めだけを着物の上にのせたとき、バスルームのドアが開いた。

「お先にすみません。どうぞ」

彼は私と同様、ホテルの浴衣を着ていた。前が少しはだけて鎖骨が見えている。何とも言えない艶《つや》っぽさから目を逸らしてしまった。いちいちドキドキしてたら、このあと、身がもたないってば。

「畳めました？」

「え、ええ。おかげさまで」

仕方がない。この部屋で落としたのは間違いないんだから、帯留めはあとで探そう。素早くシャワーを浴びた。おかしなところがないかどうか、タオルで拭きながら鏡に映る自分の体を見つめる。何度も深呼吸をして気持ちを落ち着かせた。私、とうとう本当にこれから……しちゃうんだ。もう決めたんだから迷わない。外して洗面台に置いていたネックレスを、再び着ける。

部屋の灯りは薄暗いものに調節されていた。タオル地のスリッパを履き、ベッドに座る彼のそばに立つ。

「お待たせしました」

「いえ。シャワー熱くなかったですか？」

「ちょうどよかったです。温まりました」

「そうですか……確かめさせてください」

手を伸ばした彼は私を隣へ座らせ、洗ったばかりの首筋を指先でゆっくり撫でた。

「僕の名前は」

肩に回された彼の右手に強い力が込められる。

「そうすけ、と言います」

そう、すけ。どういう漢字で「そうすけ」と書くんだろう。

「わかりませんか」

「え……？」

わからないってどういうこと？　意味が理解できず、答えに困っていると彼が続けた。

「あなたの名前は？」

「七緒、です」

彼の真似をして下の名前だけ。どんな字なのかも伝えなくていいよね。

「ななお、さん」

「はい」

返事をした唇にキスをされた。唇を重ねたままそっと押し倒され、ベッドに仰向けになる。心臓が彼に聞こえてしまいそうなくらいの大きな音で鳴り響いていた。体が緊張で強張っている。唇を離した彼が囁《ささや》いた。

「ななおさん……好きです」

「え……？」

意外な言葉に耳を疑った。好き、って、今日逢ったばかりの私を……？

「あなたは？　僕のこと、少しでも好きになってもらえたでしょうか」

応えても、いいのだろうか。

「……ええ、好き……です」

躊躇《ためら》うことなど許されない眼差しを受け、自然と唇が動いていた。その言葉に嘘はない。好きじゃなければ、ここまでついて来ない。ひと目でこんなにも心を動かされた人に出逢ったのは、初めてだった。

彼は眉根を寄せて大きく息を吸い込んだ。

「明日の朝、僕のことを教えます。何もかも全部。だからあなたのことも教えてください。僕に全て」

教えるというのは、名字や歳やお互いのプライベートのこと？　彼の瞳を見つめ返して、私は頷いた。

「わかりました」

「ありがとう。朝までは……僕のことだけ考えていて下さい」

不覚にもその言葉に胸がきゅんとした。私の上に乗る彼がネックレスに触れる。

「これ、さっきの店で名前が付いていたのを見ましたか？」

「いえ」

「古都に咲く花、と書いてありました」

「古都に咲く花……」

「僕にとって、あなたがそうです。ななおさん」

「んっ！」

瞬《まばた》きする間もないほどだった。強く唇を塞がれて息ができない。さっきとは全然違う、何もかも奪い尽くされてしまいそうな激しいキスに、悲しくもないのに涙が滲《にじ》んだ。

「……本当にいいんですね」

息を乱しながら顔を離した彼は、私が着ている浴衣《ゆかた》の襟元に手をかけた。間近にある熱の浮かんだ瞳に、私が映っている。

「あなたが嫌がることはしたくない。きちんと避妊もします。でも、途中でやめられる自信だけはありません」

私を好きだと言ってくれた、その思いに縋《すが》ってみたい。それだけで今は、いい。この人にならうん、この人がいい。

「……して、ください」

「ななおさん……！」

襟を引いて首筋に顔を埋《うず》めたそうすけさんは、剥《む》き出しになった私の肩から鎖骨辺りに、唇を押し付け、吸い付いた。

「あ……」

ため息を漏らすと、彼が手を止め顔を上げた。

「これは……」

「？」

「着物用の下着、ですか？」

「え、あ、そうなんです。外します、ね」

フロントホックの形が可愛くて買った、白い総レースの和装ブラ。普通のブラとはだいぶ違うからがっかりされたかもしれない。急に恥ずかしくなって焦る私に、彼が笑いかけた。

「僕が外したいな。こういうの初めて見るから興奮する」

言いながら、そうすけさんの指がホックをひとつずつ、ゆっくりと外していく。ぽんやりとした灯りの中、解放感を覚えた私の両胸に彼の視線が釘付けになった。

「ずいぶん押さえ付けてあったんだ……」

ため息とともに感心したような言葉に体が火照《ほて》る。生まれて初めて男の人に見せたんだから、本当は両手で隠して、この場を逃げ出したいくらいなのに。

「そんなに、見ないで……あ」

温かい両手のひらで包まれたかと思うと、間に顔を埋《うず》められた。丸い膨らみを強弱をつけて揉みながら、彼は頬をすりよせてくる。

「こんなに大きくて綺麗なのに、押さえ込むなんて……もったいない」

「着物のときは……押さえない、と、見た目が、悪い……から、んっ……！」

先端を指で挟まれた。びりりと電流のような刺激が走り、体が仰け反る。

焦らすように指先で軽くとんとんと弾いたり、こねたりしながら私の反応を見ていた彼が、そこにぬるりと舌を這《は》わせたのを見てしまった。

「っ……ふ……」

恥じらいのない女だと思われたら嫌だから抑えたいのに、彼の動きにいちいち感じてどうしても声が漏れてしまう。羞恥《しゅうち》に負けそうな唇を噛みしめ目を閉じた瞬間、強い刺激が加わった。

「っぁ……！」

何をされたのかと驚いて頭を起こすと、目の前にいるそうすけさんは先端を口に含んでいた。まるで飴玉でも舐《な》めているかのように舌で転がし、吸い付いている。かぁっと頬が上気した。ここって、舐められたら……こんなにも気持ちいいものだった、の……

呼び水を与えられたかのように、次の刺激を求めたくなる。我慢できそうにない声を咄嗟《とっさ》に手で押さえようとしたところを、阻まれた。

「声、出ちゃう、から……っ」

私の両手首をシーツに押し付けながら、彼はまだ先端を執拗《しつよう》に舐め回している。

「聞かせてください、なおさんの声」

言い終わるとまた、強く吸う。太腿《ふともも》を摺《す》り合わせて、止めようのない足の間の疼《うず》きに耐えた。

「ん……う、んん……」

「もっとです、もっと……！」

手首を解放したそうすけさんは、舌と唇と指と手のひらを使って、両方の先端を強く弄《いじ》った。頭の芯がくらくらする。それだけで達してしまいそうになるのを、唇を噛んで必死に我慢した。

浴衣《ゆかた》の裾《すそ》はいつの間にか大きくめくれていた。彼の手がそこへ伸びる。シャワーを浴びる前のことが頭を過《よ》ぎり、咄嗟《とっさ》に足を閉じて、ショーツに触るその手を押さえた。

「あ、いや」

「どうして？」

「多分、あの……すごく濡れちゃってる、から」

「だったらなおさら見せて欲しいな。あなたが喜んでくれたなら、僕もすごく嬉しいから」

穏やかな声とは反対の強引な手の力に、逆らえない。あっという間に彼の長い指がショーツの中に入り込む。濡れた狭間《はざま》をぐるりと撫でられた。

「んっ、や……！」

くねらせた私の腰から、ショーツを素早く脱がせた彼が意地悪く微笑んだ。

「ほんとだ。すごいですね、ほら。聞こえます？」

入り口付近に浅く指を抜き差しされて、くちゅくちゅという水音が部屋に響く。

「あ、意地悪、言わな、いで……」

太腿《ふともも》に力を入れても彼の膝に割り入れられて、足を閉じることができない。いつの間にか彼も上半身がはだけている。縋《すが》るように、その肌に指先を伸ばして触れた。

「どうしたの」

「熱い、かな……って」

「熱いですよ。ななおさんと同じくらい興奮してるから」

一瞬微笑んだ彼の表情が、挑むような目つきに変わり、指をさっきよりも深く差し込まれた。

「ぁあっ」

今朝パンに落としたバターのように、熱い彼の指に溶かされたそこがシーツに染みを作ってしまいそう。恥ずかしくなった私は、彼の手をそっと押して指を抜いてもらい、縮こまって背を向けた。同じくらい、なんて言われて感じて大きな声出して——。そんな顔見られたくない。

「何でそっち向いちゃうの……？」

彼が後ろから私を優しく抱きすくめる。彼の甘い声に、体も心も震えてしまう。いつまでもこうしていたい、と思うだけで涙ぐむなんて。

「だって私、いっぱい感じちゃって変な顔してる、と思って」

「変じゃない、綺麗なのに」

彼の指が私の髪を優しく梳《す》いた。やがて彼は浴衣の裾をさらに上までまくり上げ、私の下半身を剥《む》き出しにした。指がお尻の線をゆっくりと撫で、ひたひたに濡れそぼった場所へ到達する。そして奥へと入り込んできた。

「っ……！」

体が勝手にびくんと揺れると、それに応えるように、ゆっくりゆっくりと出し入れされた。指を動かしながら、彼は唇を背中へ押し付ける。その唇が、快感を煽《あお》る。唇だけじゃない。背に触れるふわふわとした髪の感触が、昼間隣を歩いていた彼の姿を唐突に思い出させ、今こうして裸で抱き合っていることとのギャップが体の奥から甘すぎるほどの蜜《みつ》を溢《あふ》れさせた。

「ん、んっ……ん」

歪《ゆが》む視界に入る真っ白なシーツを前に、両手で口を押さえて首を横に振った。

「ななおさんて、強情なんですね。素直になればいいのに」

クスッと笑った彼が耳たぶを甘噛みしながら、私の足を大きく広げさせた。

「あ……だめ」

そうすけさんの腕を押し退けようとしたけれど、力ではとても敵《かな》わない。優しく穏やかな人だけど、こういうときはやっぱり男の人だよね……。強く求められることに、怖さと喜びが混じる不思議な気持ちを抱えていると、ふいに私を仰向けにさせた彼が、あろうことか広げさせた蜜の入り口へ自分の顔を近付けた。

「え、待って、駄目ほんとに！」

「何が、駄目……？」

自分でもじっくり見たことなんてないのに、それを間近で見られるなんて死ぬほど恥ずかしい……！　彼の髪に触れて腰を引こうとしたとき、ぬるりとした感触が私の下半身を支配した。

「やっ……！」

何これ……！　思う間もなく、跳ね上がった腰を押さえ付けられ、音を立てて啜《すす》られた。

「だ、駄目って、あっ、言っ……は……ぁんっ」

頭の中が真っ白になるくらいの羞恥《しゅうち》と気持ち良さで、何が何だかわからなくなる。喘ぎ声が勝手に口から押し出されていく。

優しくしたり、激しくしたり……まるで私を求める彼の心がそのまま唇と舌にのせられているかのようだった。

「あ……だめ、そこっ……！」

一番敏感な、中心の小さな硬い部分を、ちゅ、と吸われた途端、頭の奥でぱっと閃光が広がった。

「う、……あ、あっ」

「気持ちいいの……？　ななおさん」

硬い粒を彼の舌が執拗《しつよう》に舐《な》め回し、指は内に入ってかき混ぜ続けている。奥から駆け上ろうとしている快感から、どうやっても逃げられそうにない。このままだと、私……

「あ……わた、し……」

「いいんでしょ？　……言ってよ」

低い声に支配されて、頭とは反対にもっともっと快感を望むそこが腰を上げる。こんなこと、駄目なのに。……もっと、して欲しい……

「言ってくれないと、やめますよ、ななおさん」

顔を上げた彼が指の動きもやめてしまった。焦らされて、おかしくなってしまいそう。

疼《うず》くそこを広げられたまま、小さく呟く。

「……そんな、ずるい……」

「ほら、言って」

入り口全部を、べろりと大きく舐《な》められた。熱い。熱くてたまらない。じっと耐えていたものが一気に込み上げ、私を喘がせた。

「ぁい、いい、で、す……、あ、お願い……！」

「……やっと言ってくれた」

でも彼は指の動きを激しくするだけで、舐めてはくれない。

「あ、意地悪、しな……い、でぇ……！」

「ななおさん、可愛い」

満足げに呟いた彼は硬い粒を吸い上げ、指でさらに内をかき回した。本当にもう、もう……駄目……！

「あ、もう、もう……来ちゃ、う」

刹那《せつな》、下腹が震え全身が恍惚《こうこつ》の波に投げ出された。彼の指を呑み込むそこが、いつまでも痙攣《けいれん》している。

私……今日初めて逢った人の、舌と唇と指で……達してしまった……

汗ばんだ私の額《ひたい》に彼がキスをした。呼吸がなかなか整わない。私の乱れきった浴衣《ゆかた》を脱がせたそうすけさんは、自分も全てを脱いだ。

「僕も、いいですか」

「え……？」

「我慢できない。そろそろなおさんに……挿《い》れたい、んですが」

こちらを見つめる瞳が揺らいだ。澄んだその色に視線を重ねて頷く。

「……はい」

いよいよ……なんだ。私の髪を撫でた彼が優しく微笑む。まだ意識が宙を漂《ただよ》っていて、実感が湧かない。

「ちょっと、待ってくださいね」

彼はベッドサイトの棚に避妊具を置いていたようで、そこに手を伸ばしていた。私がシャワーを浴びている間に用意したのかな。

いつ買ったんだろうとか、元々持ってたのかなとか、私じゃなくて他の人と出会っても……使ったのかな、なんて、ネガティブなことを考えていると、いつの間にか彼の顔が目の前にあった。唇をちゅうと吸われて、そのまま舌が絡まる。何回目のキスだろう。キスって口だけじゃなく、そこから全てを溶かしてしまうものだって、彼が……教えてくれた。

「ななおさん……」

私の名前を呼ぶその表情に、胸が苦しくなる。切なそうな、嬉しそうな……どうしてそんな顔をするんだろう。問いかけようとしたそのとき、内腿に触れていた硬いものが、濡れた入り口にあてがわれた。ぐっと挿《い》れられて鈍痛が走る。

「い……っ！」

こんなにたくさん濡れてても痛いものなんだ……！　何とか力を抜こうとするけど、痛みが先に立って、どうやっても無理。私はのしかかっている彼の両肩を掴み、奥歯を噛んで耐えた。

「すみません……痛みます、か……」

息を吐きながら眉根を寄せている彼が、労《いた》わるように訊《き》いてくれた。

「は……は、い……う……い、いた」

一瞬力が抜けて楽になったような気がしたけど、やっぱり駄目、いた、痛い……！

「ななおさん……もしかして」

彼の表情が真剣なものに変わった。

「初めて、でしたか？」

「……」

さっと血の気が引いた。受け入れるのに夢中で、そんなことすっかり頭から抜け落ちていた。自分より年上の女が処女だったら、重い女だと思われそうで嫌だけど、こんなに痛いんじゃごまかし切れないはず。きっと血も出るだろうし。というか、もう既にシーツを汚していそうな気がする……

口を引き結んで答えに迷っていると、情けなくて涙が浮かんできた。この歳まで男の人を知らないなんて、そんな女、きっとがっかりされるよね。

「大丈夫、ですよ。ゆっくり、しますから。痛かったら……言ってください」

優しい声にますます泣きたくなってしまう。あきれたりしてない？　面倒な女だって思われてない……？

不安になって彼の背中に両手を回した。そうすけさんの肌、私と同じ匂いがする。彼が私に近付いたのか、私が彼に染められたのか……。そのことに私はなんとなく安心し、いくらか痛みが和《やわ》らいだ。そうすけさんのキスは、私の心まで包んでしまうような丁寧で優しいものだった。気持ち良さが再び訪れ、彼を留めていた場所がとろとろになってくるのを感じる。やがて、そうすけさんは本当にゆっくりと少しずつ、私の中に自分を押し進ませてきた。彼のもので内がいっぱいになり、お腹まで苦しく感じる。

「ん……は、ぁ……」

息を吐いて痛みを逃がす。繋《つな》がっているそこが焼けてしまいそうなくらいに、熱い。

「もう全部、挿入《はい》りました、から……は、きついな」

顔を歪《ゆが》ませた彼は、私の腰に両手を回してしっかりと掴んだ。

「動きます、ね」

彼の言葉にこくんと頷いて答える。

愛おしむかのように、ゆっくりと腰を動かし始めた彼は、何度もため息を吐《つ》きながら喘いだ。

「……ななおさん、あ、いい……」

こんなに素敵な人が私の中で感じてくれているのかと思うと、たまらなく嬉しくて幸せだった。どうしよう、私。私……この人のこと、本気で……

「ななおさん、ななおさん……！」

私の胸を揉みしだき、貪《むさぼ》るように肌へ吸い付いてくる。中を突かれているうちに痛みは遠のき、自分から彼に合わせて腰を動かしていた。

「僕の……名前も、呼んで」

「そうすけ、さ、ん、ああ……っ！」

呼んだ途端に激しく腰を打ちつけられた。夢中で彼にしがみついていると、硬いそれを引き込もうと勝手に蜜《みつ》の入り口がきゅっと締まる。昼間見た海のさざ波のように繰り返される快感がもっと欲しくて、繋がるそこを自分から押し付け、両足を彼の体に絡ませた。

「ななおさん、そんなことされたら、あ、もう……」

切ない声を出したそうすけさんの動きが速まる。ななおさん、ななおさん、と何度も呼びながら、彼は私の中で熱を放った。

心から愛されているのではと勘違いしてしまいそうな、そんな、声だった。


鳥の鳴き声で目が覚めた。部屋が薄明るい。もう、朝……？

ベッドサイドの棚に付いたデジタル時計は七時を表示していた。後ろから私を抱きしめるように腕を回している彼の寝息が、背中に当たる。肌を合わせて眠るって、温かくてとても気持ちが安らぐ。

これからこの人と、どうなるんだろう。

昨夜は好きだなんて言ってくれたけど、私みたいな年上の女に付き纏《まと》われたらきっと迷惑だろうな。これがきっかけでお付き合いすることになっても、家を出なくちゃと焦る気持ちに押されて、私から結婚を匂わせてしまいそうな気がする。処女だってこともバレたし、余計に面倒な女だと思われそう。万が一、彼が私と本気で一緒にいてくれると言ってくれたなら、お見合いは断ってしまいたい。でも、あと二日しかないのに、そんな失礼なことができるだろうか。

じっとして、あれこれ考えていたときだった。突然、機械的なぶるぶるという音が響いた。彼のスマホだ。そうすけさんが私に回していた腕を放し、ベッドサイドの棚へ手を伸ばす。

「……はい」

掠《かす》れた声で彼が答えた。何を話しているのかはわからないけれど、相手の声が漏れ聞こえてくる。……女の、ひと……？

「ああ……ゆりさん？」

誰……？　嫌な予感が胸を掠め、心臓がバクバクと音を立てる。私は息を潜めて眠った振りを続けた。

「……そうなんだ。わかった……あとで行くよ」

ベッドが揺れ、彼がこちらに背を向けたのがわかった。

「……昨日言ってた……式場、人気みたいだから、早いほうがいいよ……じゃあ」

そこで話が終わったのか、彼は枕元にスマホを置いて再び寝息を立て始めた。

寝惚けてる感じだったけど、でも、はっきり名前を言っていた。「ゆりさん」って。どう考えても恋人と会話していたとしか思えない。それも「式場」って聞こえたから、もしかして結婚を約束している人……？　朝になったら私に全部話すと言ったのは、このこと？

彼に聞こえないように小さなため息を吐《つ》く。心を強くしていないと今にも涙が溢《あふ》れそうだった。

こんなに素敵な人なんだもの、もう決まった女性がいたって不思議じゃない。着物姿だけじゃなく、私自身のことも褒《ほ》められて、もっと一緒にいたい、好きだって言われて……もしかしたらこのまま彼の恋人になれるんじゃないか、なんて一瞬でも都合のいいことを考えてしまった自分が馬鹿みたいだ。

結婚前の、一夜の遊び相手として私が選ばれただけ。彼がそんなことをする人だとは思いたくないけれど、でもこれが現実なんだ。

それに私だって、お見合いして好きでもない人と結婚するならその前に夢を見てみたいって、彼とひと晩過ごすことにしたんだもの。そうすけさんを責めることなんてできない。

彼の思惑に落ちてもいいはずだったのに。抱かれてしまったら好きという感情でいっぱいになって、危うく勘違いしてしまうところだった。

帰ろう。彼が目を覚ます前に。

決めたじゃない、余計な期待はやめるんだ、って。夢なんか見たって現実にはほど遠いんだって。そう、私の現実は明後日のお見合いに行って、結婚を決めて家を出ること。好きになった人に処女をあげられたという夢を見せてもらっただけで……十分。

そっとベッドを下り、いつの間にか仰向けになっている彼の寝顔を確認した。私には全く気付かず、ぐっすりと二度寝している。昨日はたくさん歩き回ったし、夜遅くまで起きていたから疲れているんだろう。込み上げる切ない気持ちに涙ぐんだ。

何かあったときのためにと用意していた洋服を、まさかこんなふうに使うことになるとは思ってもみなかった。素早く着替え、もう一度ベッドを振り向く。寝返りを打ったらしい彼はこちらに背を向けて眠り続けている。私はホテルのメモ用紙に、備え付けのボールペンで綴《つづ》った。


〝一夜の素敵な夢をありがとうございました。　七緒〟

一万円札と五千円札を一枚、そして千円札を二枚。昨夜の食事の分も合わせると、こんなんじゃまるで足りないのはわかっている。でも、私のお財布にあるお札はこれだけだ。メモの下にお金を置き、部屋を出た。

ロビーの自動ドアから屋外に出る。朝の寒さに身を縮ませながら、ウールのショールを肩に掛けた。彼と夕食をともにした古民家の横を足早に通り過ぎて、ホテルの坂道を下りる。

広い道を左に曲がると、視界が一気にひらけ、真っ直ぐ伸びた下り坂の終点に青い海が見えた。

「綺麗」

呟いたと同時に涙が零れた。本当はこんなに綺麗な朝の海を、彼と一緒に部屋から眺めたかった。

急な坂道を海に向かって下りていく。

歩く度《たび》に、じんじんと鈍い痛みが押し寄せた。私の心も体も、全部が、彼とのことを思い出していた。

＋　＋　＋

リビングのソファに寝転がって、日曜お昼の番組を見ている。内容なんて全然頭に入らない。この二日と半日、私はため息ばかり吐いていた。

あの人、今頃どうしているだろう。何をするにも、いちいち彼のことばかり思い出してしまって、食事もろくに喉《のど》を通らないでいる。

「七緒。そんなにのんびりしてて間に合うの？　もう一時になるわよ」

洗濯物を取り込んだ母が私に言った。

「白金《しろかね》のホテルに三時半でしょ？　余裕だよ」

「結局、着物は着ないわけ？」

「うん……着ない」

着物、という響きだけで胸を抉《えぐ》られたように痛くなった。

木曜日にまた有休を取って鎌倉に行けば、もう一度会えるだろうか。毎週木曜がお休みとは限らないし、もしお休みだったとしても、いつも鎌倉にいるわけじゃないだろうし、万が一会えたとしても、何も言わずに立ち去った私のことなんて、気にも留めてもらえないよね。何より、彼には恋人がいて……今さら私が出ていっても鬱陶《うっとう》しく思われるだけ。わかっていたはずなのに、いざこうなると諦めの悪い自分がいて本当に嫌になる。

「お母さん。お見合い相手の人、何ていう名前だったっけ」

あの人を忘れるためにも、気持ちを切り替えてお見合いに臨まないと。

「あら、知りたくないんじゃないの」

「それくらいは訊《き》いておこうかと思って」

「ちょっと待ってなさいよ」

スリッパの音をさせて部屋に行った母は、急ぎ足でリビングに戻り、私に名刺を差し出した。

古田、壮介。名前の上に「ふるた　そうすけ」とかなが振ってある。

「そうすけ……」

口にしただけで泣きそうだった。よりによって彼と同じ名前だなんて。あの人のそうすけ、という漢字はどんな文字だったんだろう。名字は……

「七緒、仲人《なこうど》さんのお名前は覚えているわよね？」

「堀越《ほりこし》さん、だよね。携帯の番号ももらってるし、そこは大丈夫」

「お母さんと撮った写メがあるから見せてあげる」

母は私のそばに来てスマホの画面を見せた。母と二人でピースしながら笑ってる。優しそうな人だ。

「待ち合わせのカフェ、堀越さんのお名前で予約が入ってるからね」

「うん」

「あのホテルって綺麗な日本庭園があるのよねえ。紅葉はまだ早いかしら……」

ほう、と母が空《くう》を見つめてため息を吐《つ》いた。

「堀越さんは気さくないい方だから大丈夫よ。もしも無理なら、あとで断ればいいんだし。ね？　七緒」

「……そうだね」

重たい気持ちが伝わったのか、珍しく母が心配そうな顔で私を見つめていた。

支度を終えて部屋を出ると、廊下にいた母に呼び止められた。

「ちょっと七緒」

「何？　もうでかけるんだけど」

「あんた、そんな地味なワンピースで……。それに何で眼鏡なのよ。使い捨てのコンタクトあるんじゃなかった？　メイクもすっぴんみたいじゃないの。着物のときは全然違うのに」

不機嫌な声は、あきれたものへと変わっている。私は白い襟の付いた膝下丈の紺色ワンピースを着て、髪をひとつに結び、黒のタイツを穿《は》いていた。

「コンタクトもメイクも着物のときだけで十分なの」

「だってそんなに地味じゃ、せっかく気に入ってもらえたのに本人見てやめます、ってパターンにならない？」

「それならそれでいいじゃない。結婚するなら素《す》を知っててもらわないと」

「まぁ、それはそうだけど……」

下駄箱から出したベージュのヒールを履いた。

「じゃあ、いってきます」

「頑張ってね。終わったら連絡ちょうだいよ」

「はいはい」


横浜駅から東横線の特急に乗った。小高い丘の多い横浜周辺を抜けると、密集した住宅街が車窓に見えた。武蔵小杉《むさしこすぎ》駅で東京メトロに直通する目黒線へと乗り換え、窓の外の乱立した高層マンション群に驚いていると、すぐに多摩川《たまがわ》が現れた。

あの人、都内に住んでいると言っていた。川を越えれば大田区だ。二十三区ある中のどこかはわからないけれど、彼に少しでも近付いたと思うだけで胸が震えた。

白金台《しろかねだい》の駅で降り、地上へ出てホテルへ向かう。ビルが立ち並ぶ大きな道路沿いの緩やかな坂道を歩き、五分ほどでホテルに到着した。落ち着いた雰囲気のロビーはとても広く、天井も高くて眩暈《めまい》が起きそう。絨毯《じゅうたん》が靴音を吸い込み、重かった足取りが余計に沈んだように感じる。

「いらっしゃいませ」

カフェの入り口で、待機していたスタッフに声をかけられた。

「堀越さん、のお名前で予約が入っていると思うのですが」

「堀越様ですね。お連れ様は、お先にいらしております。どうぞこちらへ」

もう来てたんだ。途端にきゅーっと胃が痛くなる。

案内されて明るい窓際のテーブル席へ向かうと、そこにはこちらに背を向けるかたちで男女二人が並んで座っていた。

「お連れ様がお越しになりました」

振り向いた年配の女性が椅子《いす》から立ち上がる。

「安永さんね？」

「はい。遅れてすみません。安永七緒です」

母の写メに写っていたその人は、穏やかな笑顔を私に見せた。

「堀越と申します。今日は遠い所をよくいらっしゃいました。よろしくお願いしますね」

彼女の隣にいた男性も立ち上がったけれど、まだそちらは向かない。

「こちらこそ、よろしくお願いいたします」

堀越さんが隣の男性に手のひらを向けた。

「安永さん、こちらが……」

「初めまして。古田壮介です」

……え？　何となく聞き覚えのある声に驚いて顔を上げると、男性と目が合った。

「あ、安永七緒、です。初めまして」

嘘……！　あの人に、似てる。

スーツを着てメガネを掛けているから雰囲気は全く違うけれど……声も顔も、とてもよく似てる。でもまさかそんなこと有り得ない、よね。冷静になろうと思う気持ちとは裏腹に、激しく高鳴る胸の鼓動がおさまらない。

堀越さんに促されて席に着き、温かい紅茶を頼んだ。

「古田さんはね、和菓子店『みもと屋』の息子さんで現在はそのお店の営業をされています。ご趣味は映画観賞。年齢は三十一歳でいらっしゃいます」

三十一歳……？　私より年上だけど、そうは見えない。そういえば、あの人も年上には見えなかった。

「安永さんは事務のお仕事をしていらして、ご趣味は読書と料理とお菓子作りなんですって。年齢は二十九歳。古田さんの二つ、学年は一つ下ね」

堀越さんの言葉に冷や汗を掻きながら作り笑いする。お母さんてば勝手に嘘を吐《つ》くなんて信じられない！　料理なんて年に一回くらいしかしないし、ましてやお菓子なんてほとんど作ったこともないのに。これじゃあ完全に詐欺《さぎ》だってば。

「古田さん、どう？　素敵な方よね」

「ええ。とても女性らしくて素敵です」

彼が声を発する度《たび》にどぎまぎしてしまい、その顔をまともに見ることができなかった。

やっぱりとても似ている。もしも、もしも彼だったら……ううん、そんなこと有り得ない。彼は結婚相手がいるはずだもの。でも……

「それじゃあ安永さん、行きましょうか」

「え？」

気が散っていたせいで話をよく聞いていなかった。お見合い中なのに何考えてるの。

焦る私に堀越さんがにっこりと笑いかけた。

「ここは日本庭園が素晴らしいの。二人で散歩に行かれたらどうかと思って」

「え、ええ。そうですね」

カフェの出口で堀越さんと別れることになった。

「では私はこれで。お二人とも、ごゆっくりね」

「お世話になりました。あとでご連絡しますので」

「お母様によろしくね、古田さん」

古田さんと挨拶《あいさつ》を終えた堀越さんが、私の顔を見る。

「安永さんも、お母様によろしくね。あとでメールするからって伝えてね」

「はい。伝えておきます。ありがとうございました」

何度も私たちにお辞儀をして、堀越さんはそこを去った。

「僕たちも行きましょうか」

「……はい」

またその声に反応してしまう。それに加えて、この……隣に立った感じと背恰好、よく見れば髪形までもがそっくりだった。本当にこれが、あのときの彼だとしたら……どうして彼は私に気付かないのだろう。着物を着ていないから？　髪のまとめ方も違うし、今日はメガネを掛けているし、メイクも薄いから……？　それだけでひと晩過ごした相手に気付かないなんてことあるんだろうか？　わからない。それともやっぱり、ただの他人の空似なの？

ホテルの敷地内にある庭園はとても広く立派なものだった。何本も伸びる大きな樹が高い所でざわめき、その度に枯れ葉が降ってくる。

「もうすっかり秋ですね」

「本当に」

木々の香りが満ちる中、突然彼が立ち止まった。

「趣味は読書に料理にお菓子作りと、おっしゃいましたが」

こちらを振り向いた彼が近付き、にっと笑った。心臓がずきんと音を立てる。少し子どもっぽい、この表情は……！

「本当の趣味は違うでしょ？」

「え？」

「僕も映画観賞なんて趣味じゃありませんよ。最近は和服を着ることが一番楽しくて、ね」

彼はジャケットの内側のポケットを探り、何かを私の前に差し出した。それは蝶《ちょう》の形の、帯留めにしていたブローチ。

「あ！」

「ベッドの横に転がっていました。僕が引っ張った紐《ひも》から外れたらしい」

やっぱりそうすけさんだった……！「壮介」という字を頭の中で当て嵌《は》める。

帯留めを受け取ろうとしたけれど、彼はそれを握りしめて、再び元のポケットへ入れてしまった。

「あ、あの……」

「あんなにも情熱的に振る舞っておきながら、眠っている僕を置いてそのまま行ってしまうなんて、ずいぶんひどい扱いをするんですね」

彼は眼鏡を外して胸ポケットへ入れながら、苦笑した。

「あの時点で僕は、フラれたわけだ」

差し伸べられた手に右の二の腕をぐいと掴まれた。その強い力に体が固まってしまう。

「そうなんでしょ？　七緒さん」

……私が振った？　彼を？

「そんなつもりじゃ」

言い澱《よど》んだ私の腕を放し、彼はすぐそばに近付いて来た。

「っ……！」

あまりの顔の近さに肩を縮めて固く目を瞑《つむ》る。頬に触れた彼は、私の眼鏡をそっと外して言った。

「見えますか？　僕のこと」

瞼《まぶた》を上げると、目が合った。

「見えます……」

「結構悪い方？」

「裸眼でもなんとか見えます」

「僕と同じくらいかな。だったら構わないですね。今は着物を着ていませんが、眼鏡を外してお互いあのときと同じ顔になった。だからごまかさないでください。話が終わったら、飾りもお返しします」

彼は、私の手に眼鏡を置いた。

「さっきのカフェで僕の顔を見て驚いていましたよね。本当に今まで気付いていなかったとは、驚きだな」

彼はため息を吐き、話をもとへ戻した。

「そんなつもりではなかったと言われても、僕は事実上あなたに二回もフラれたんだから、言い訳のしようがないと思いますが」

「二回……？」

「そう、二回です。ホテルの部屋を取った僕の誘いに拒まなかったときが、まず一回」

「どうしてそれが、あなたを振ったことになるんですか？」

混乱していた。目の前にいる彼を好きだと思えたから、ひと晩一緒にいることを決めたのに。

「僕は初めから、七緒さんがお見合いの相手だとわかっていました」

「え……！」

「なぜ驚くんですか？」

「だって、お渡ししているはずの写真は、着物を着ているときと全然違うのに」

「僕はすぐに、わかりましたよ。でもあなたは僕に気付かなかった」

それは気付くわけがない。お見合い相手の情報を、私は一切受け取ろうとはしなかったのだから。

「見合いを控えているわけですから、当然僕の誘いに乗るはずはないと考えていました。でも、あなたは躊躇《ためら》うことなく頷いた。そのとき、日曜日に予定されていた見合い相手である僕はフラれたんだと、悲しくなりました」

まさか、そんなふうに捉えていたなんて。

「部屋で名字を明かさなかったのは、七緒さんを一刻も早く自分のものにしたかったからです。フルネームを聞いて僕が見合い相手だとわかったら嫌がるかもしれない。そう思う一方で、気付いて欲しくもあった。だから下の名前だけを告げて試してみたんです」

あのとき、『わかりませんか？』と尋ねた彼の言葉の意味が、今ようやく理解できた。

「それでも気付かない七緒さんに対して、見合い相手に対する気持ちはそんなものなんだと落胆しました」

「待ってください。名前がわからなかったのは、そういうんじゃなくて」

「いいんです」

言葉を遮《さえぎ》る強い口調と眼差しに、思わず口を噤《つぐ》んだ。

「七緒さんは見合い相手よりも目の前にいる僕を気に入ってくれたんだから、それでいいとそのときは自分を納得させました。朝が来てお互いの名前を教え合い、僕が見合い相手だと言っても、あなたに気持ちを告げて抱いたあとなら、そのあとも会ってもらえるだろうと思っていました。あなたも承知してくれましたし」

確かに朝になったら全部教えると、私も彼に同意していた。

「結局……それも駄目だったけれど」

寂しげに呟く声に胸を突かれた。

「見合い相手としてフラれ、ひと晩過ごした男としてフラれて、さすがの僕も落ち込みました。それでも、今日は七緒さんが現れないことに期待していたんです。……鎌倉での僕を忘れられずに今日の見合いを断ってくれたら、まだ、どんなによかったか」

私が彼を傷つけてしまったというの？

「だから訊《き》きたい。どういうつもりで今日は、ここに来たんですか？　せっかく会えたんですから正直なところを教えてください」

結婚式の参列者と思われる人々が、ぞろぞろと歩いて来た。小路《こみち》から少し外れたベンチの前に移動する。

立ち止まったそこで、私は覚悟を決めて、ゆっくりと声を吐き出した。

「鎌倉であなたに逢ったとき、私はまだお見合い相手の方の名前も顔も、知りませんでした」

「どういうことですか？　三日後に見合いを控えて、いくらなんでもそれはないですよね」

怪訝《けげん》な表情をした彼に向き直る。心臓がずきずきと嫌な音を立て続けていた。胃が、痛いよ……。でもきちんと話さないと。

「知りたく、なかったんです」

「もしかして、最初からこの見合いに乗り気じゃなかった、とか」

震える両手を胸の前で握りしめた。

「……そうです」

「だったら初めに断ればよかったじゃないですか。なおさらあなたの気持ちがわからないな。なぜこの見合い話を受けたんですか？」

「私、家を出たいんです。両親と弟夫婦が二世帯住宅に住むことを計画しています。弟夫婦には子どもがいて、その子が幼稚園へ入ってしばらくしてから家を建てようと決めているようです。それが来年」

こんなこと、本当は知られたくなかった。

「一人暮らしでもいいんですが、両親や弟夫婦からすれば、私がお見合いをして結婚が決まり、実家を出ることが一番安心できるだろうと、そう……思って」

「だから見合いを？」

「ええ」

私は、なんて嫌な女なんだろう。

打算的で、自分勝手で、その癖、普段男の影すらないというのに上から目線で傲慢《ごうまん》すぎる。

彼は頷きながら、足元に落ちた枯れ葉を一枚拾い上げた。

「なるほどね。手っ取り早く家を出るためには見合いをして、その相手と結婚すればいい、と。でも当日、相手に対して必要以上の期待はしたくないから写真も見ずに、またどういう相手か知らなければ、見合いの場でその気になれるかもしれないから情報を頭に入れなかった、というところですか？」

心の中をすっかり読まれてしまった私は、恥ずかしさのあまり泣きそうだった。

「お恥ずかしいですけど……全くその通りです」

目を丸くした彼は、ひと呼吸置いてから声を上げて笑った。

「ははっ！　七緒さんて素直なんですね」

「全て正直に話しました」

「確かにごまかさずに、とは言いましたが、そこまで知りたくはなかったな」

不機嫌な声に変わった彼は、手にしていた枯れ葉を指で弾いて地面へ落とした。

「じゃあもうひとつ質問を」

つらいけど、逃げたらダメ。

「僕と寝てもいいと思ったのは何故です？」

「それは……」

「見合い直前に体を許したということは、よっぽど僕を気に入ってもらえたのかとそのときは自負していたんですが……やはりそれは僕の自惚《うぬぼ》れだったんですよね？」

あの晩のことを思い出して、喉《のど》の奥に鉛《なまり》が入ってしまったかのように言葉が出てこなかった。

「それとも見合い相手に処女だと知られる前に、どうにかしたかったとか？　別に気にすることはないのに」

「ち、違います！」

かあっと顔が熱くなり、大きな声で反論した。

「鎌倉での、朝」

声が震えてしまう。

「あなたのスマホに電話があったのを覚えていますか？」

「電話……？」

彼は顔を傾けて眉根を寄せた。

「電話の相手にあなたは、ゆりさん、と呼びかけていました」

「ああ、かかってきましたね。それが何か？」

「その方は、あなたの恋人では……？」

会話の内容から絶対にそうだと思った。だから私は……

「まさか。あの人は呉服店の娘さんで、僕の実家と昔から関わりがある幼馴染《おさななじ》みの女性です。それだけですよ。恋人がいるのに見合いをするわけがないじゃないですか」

あきれたような声で否定し、彼は言葉を続けた。

「鎌倉へ行く直前、履き物が汚れていたので、彼女の店で新しい雪駄《せった》を購入しました。買ったそれを履いてでかけたんですが、あとからその商品に不備があることがわかったので交換させてくれという連絡でした」

あとで行くよ、と呟いていたのはそのことなの？　でも、式場がどうのって……

「式場のお話は……？　早目のほうがいいって」

ホテルを見学に来たらしいカップルが、スタッフに説明を受けながら私たちのそばを歩いて行く。ここで結婚式を挙げるのだろう。

「ああ、彼女の弟さんのことでしょう。雪駄を買ったとき、弟さんの結婚が決まってどの式場にするか迷っていたから、候補に挙がった式場に勤める僕の友人の話をしていました。鎌倉での朝、人気があるので早目に予約を、と電話で教えましたね」

「あんなに朝早くから電話を？」

「弟さんが確実に式場を取りたいと、彼女に焦って連絡してきたんだそうです。僕は普段、金曜日は仕事ですから、起きていると思ったんでしょう」

通り過ぎる彼らを目で追いながら、壮介さんが私に尋ねた。

「まさかとは思いますが、彼女とのことを誤解して僕を置いて帰ったんですか？」

「そう、です」

「僕に確かめもせずに？　翌朝あなたに全てを話すと言ったのに、そんなに僕が信用できなかったんですか？　あなたを……好きだと言った僕を」

胸が押し潰されそうだった。本当にそうだ。どうして私は確かめることができなかったの？　自分が惨《みじ》めになることに耐えられなかったから？　多分、そういうこと、だ。

「あのまま別れて二度と会えなくてもいい、そう思ったから何も言わずに帰った。僕のことは一夜の思い出にして、さっさと気持ちを切り替え、ここに来た。僕ではない他の男と見合いをするために。僕がここにいるとも知らずに」

彼の乾いた笑い声が小さく響いた。

「そういうことでいいんですね？」

返事ができなかった。彼が言う通り、結局はお見合いを優先させた私がここにいるのだから、言い訳のしようがない。

「わかりました。もう、これ以上そのことに関しては伺いません」

彼は唐突に話を終えた。

小路《こみち》に戻り、またゆっくりと二人で歩き始める。少し向こうにチャペルが見えた。

「七緒さんは一刻も早く家を出たい。できれば見合い相手と結婚をして家を出たい。そうですよね？」

「……ええ」

「僕も実を言うと、両親から結婚するように迫られていまして」

「……」

「みもと屋の経営を全面的に任せて欲しいと両親に話したんですが、二人とも頑固なもので、なかなか了解を得られないんです。まずは僕が結婚をして、両親を安心させられたら考えてもいいと言われました。ようやく商売が広がって来た今を、僕としては逃したくない。できるだけ早く経営権を自分のものにしたいんですよ」

遠くを見つめる彼の表情が厳しいものになった。

「結婚していれば取引先の信用も上がるというのは、前からわかっていました。地方へ営業に行くたびに思い知らされましたし。夫婦揃って出席が可能な席にも胸を張って行けることになる。親に言われたこととはいえ、僕にとっても結婚は都合がいいんじゃないかと見合いをすることにしたんです。だから、七緒さん」

チャペルを通り過ぎた場所で彼が立ち止まり、振り向いた。漏れ聞こえてくる讃美歌をのせた秋風が吹き抜けていく。

「僕と結婚してくれませんか」

「え？」

「あなたにフラれたのはよくわかっています。だから結婚しても、あなたに迫ったりはしません」

「言っている意味がよく——」

「形だけの夫婦になりませんか、と言っているんです」

「形だけの、夫婦……？」

復唱した私に、彼はクスッと笑った。

「いい条件だと思いますよ。僕の働きだけで十分あなたを養っていける収入はありますし、もちろん七緒さんの面倒は何があっても僕が一生見ます。僕の生命保険の受取人はあなたにしますし」

何を、言っているんだろう。

「あ、でも、ご飯だけは作ってくださいね？　僕は何もできないんで」

頭の中が混乱している。

「僕だって誰でもいいから結婚したいというわけじゃない。でも、僕のことを知っている七緒さんならいい。形だけと初めから決めておけば、引け目も感じなくて済むでしょ？　お互いの了承済みなら、自分の都合のためだけに結婚して相手を好きになってあげられない、なんていう罪悪感も生まれないわけだし」

淡々と事務的に話し続ける彼の話を、聞き続けるしかなかった。

「ましてやあなたはもう、僕に興味がないわけですから、夫婦関係の面倒なあれこれを迫られることなく僕は仕事に集中できる。なかなかお互いにいい条件だと思いますけど、どうでしょう？」

次の瞬間、彼は意地悪く笑った。

「どうせ結婚するのなら、初めての男のほうがいいんじゃないですか」

これは本当に……鎌倉で出逢った、あの人なの？　形だけの夫婦なんて、そこには心がないということ？

言葉の意味を頭の中で繰り返しながら、既に壮介さんの気持ちは私にないのだと理解した。

彼はポケットから取り出した帯留めを見つめ、それを上に放った。夕暮れの光にきらりと反射した帯留めが、彼の手に戻る。

「十二月の初めにとりあえず籍だけ入れて、もし結婚式をするとしたら半年後くらいかな。申し訳ないけれど、今は仕事が忙しくて無理なんです」

私の前に立った彼は、帯留めを握った手を差し出した。

「これで僕の話は終わりです。聞いてくれてありがとう。お返しします」

彼の手から零れ落ちた蝶《ちょう》の帯留めが、私の手のひらにのった。

「拾ってくださって、ありがとうございました」

「いえ、どういたしまして。もしあなたがその気になったら、入籍までの約一か月、結婚を前提にお付き合いしましょう」

「その気に、ならなかったら……？」

私の問いかけに一瞬彼は黙り、やがて苦笑してうつむいた。

「これっきりです」

「……」

「あなたとは二度と……会いません。今後一切連絡もしません」

再び私の顔を見つめた彼は、眉根を寄せて静かな声で言った。

その声も表情も、やっぱりあのときのあの人で……

胸が痛くて痛くて、形だけの夫婦だなんてひどいことを言われているにもかかわらず、これっきり会えないのは嫌だという気持ちが私の中に押し寄せた。

もしもまた他の人とお見合いしたって、目の前にいる彼のことを引き摺るに決まってる。その相手と結婚するに至ってもきっと罪悪感に襲われて、上手くいかなくなるのは目に見えている。

それならいっそ、私の身勝手さを知っているこの人と一緒にいて、形だけの夫婦として寄り添うほうがいいのかもしれない。近くで見ていられれば、もしかしたら彼に対する恋心から、一旦は離れることができるのかもしれない。それに、契約とわかっていれば、いろいろ割り切れて、かえって楽なのかもしれない。

一歩踏み出したその背中に向かって声をかける。

「古田さん」

「……はい」

「わかりました。これからどうぞ、よろしくお願いします」

その場で頭を下げた。足元にたくさんの葉が散らばっている。

顔を上げると、私を振り返っていた壮介さんは自分で条件を出したにもかかわらず、驚いた表情でその場に立ち尽くしていた。

チャペルのほうから、おめでとうと言う声と鐘の音が聞こえる。

しばらく見つめあった後、彼が口をひらいた。

「七緒さん」

「はい」

「僕が言った意味、本当に理解していますか？」

「ええ、しています」

困ったような顔をした彼が、ジャケットの胸ポケットに入れていた自分の眼鏡を取り出した。

「七緒さんて……変わってるね」

「――あなたも」

「僕が？」

「嫌な思いをさせた私と、形だけとはいえ結婚してもいいだなんて、とても変わっていると思います」

眼鏡を掛けた彼と同じに、私も手にしていた眼鏡を掛ける。

「上手くやっていけそうですね、僕たち」

壮介さんは、今日初めて穏やかな笑顔を見せた。

――伝えるタイミングを、逃してしまった。

だからもう、言えない。体を許したのも、先に帰ったのも、たったあれだけの時間であなたに恋をして好きになり過ぎて、見てはいけない夢を抱いてしまいそうだったから、なんていうことは……

返された帯留めを固く握って唇を噛みしめる。私が恋上手な女だったら、何かが違ったのかもしれない。でも私はもう、彼に好かれているわけではなく、契約を交わすだけの対象になってしまった。今さら何を言っても、言い訳にしか聞こえない。

家に帰り着いてすぐにお風呂に入り、冷蔵庫から缶ビールを取り出した。

夕飯前のひととき、リビングのソファに座った父がテレビを観ている。私はテーブルに着いて缶の蓋《ふた》を開けた。

「な、な、お、ちゃーん！」

リビングに入って来た母がスマホを手に、私の顔を覗き込んだ。

「どうしたの、そのテンション」

「堀越さんから早速お電話あったわよ。相手の方、古田さんだっけ？　ずいぶんと七緒のことが気に入ったらしくて、ぜひお付き合いしたいんだってよ～！　すごいじゃないの！」

母の言葉を無視して、ふたくちめのビールを喉《のど》に流し込んだ。

「七緒？　聞いてる？」

「うん、聞いてるよ」

「どうしたのよ。あんたのほうは駄目だったの？」

まだ数時間しか経っていないというのに、白金のホテルで彼と話したのが遠い昔のことのように思えた。何をしていても胸がちくちくと痛い。痛くて、たまらない。

「結婚を前提にお付き合いすることになりました」

「えっ？」

「前提っていうか、多分このまま結婚することになると思うよ、年内にも」

「あ、あらぁ！　そうだったの！　いやね、お母さん全然気が利かなくて。お赤飯炊かなくちゃね！」

「そんなことしなくてもいいってば」

「照れない、照れない。ああ、でも今夜は炊き込みご飯にしちゃったんだわ。明日でいい？」

「……好きにしてください」

じゃあ何か代わりに、と母はいそいそとキッチンへ入って行った。ため息を吐《つ》き、おつまみのナッツを口へ放り込む。

「七緒、ちょっとこっちおいで」

ソファに座る父のそばへ行き、ローテーブルの前に正座をした。こうやって見るとお父さん、ずいぶん白髪が増えたみたい。

「お前、何も無理に結婚を決めなくたっていいんだぞ？」

「え……」

「二世帯住宅にしても、お前の部屋は作ることにしているんだ。急いで結婚を決めて家を出なくてもいい」

「お父さん」

「好きになった人と結婚しなさい。それまでは、いくらでも家にいていいから」

父の言葉は心からのものだと思う。それが感じられただけで嬉しかった。

「ありがとう、お父さん。でもね、前からいい加減自立しなきゃいけないとは思ってたの。結婚が自立と言えるかはわからないけど……。もう三十になるんだし、今まで甘え過ぎてたと思う。それに相手の人……とってもいい人だったから」

そこで初めて父が私の顔を見た。口を引き結び、何か納得のいかないような表情をしている。

「女は愛されているほうが幸せになれるのよ。最初から相手方が七緒を気に入ってくださってるんだから、それでいいじゃないの」

リビングのテーブルで夕飯の準備をしていた母が、会話に割って入った。

「本当にいいのか？ 七緒」

「うん。大丈夫」

問いかける父に返事をした。そうだよ。もう、決めたんだから。

＋　＋　＋

お見合いの日から一か月半が経った。

この間に、結納を簡略化した食事会を設けて、両家の顔合わせをした。意外なことに互いの両親は意気投合したらしく、メールの交換などをして今では頻繁《ひんぱん》に連絡を取り合っている。私は仕事を続けるか悩んだけれど、新居が職場から遠いことが判明した時点で、辞める決意をした。そのあと、私は仕事の引き継ぎや引っ越しの準備に追われ、壮介さんは連日仕事に忙しく、ほとんど会うことはなかった。

その壮介さんと、今日は久しぶりに会うために待ち合わせをした。彼の仕事の定休日である木曜と大安が重なったからだ。

大きな商店街のある、都内の駅前。そこで待っていた私の前に、一台の車が停まる。

運転席から降りた彼は、眼鏡にスーツ姿だった。

「お待たせしてすみません」

「いえ。そんなに待っていませんので」

「どうぞ。乗って下さい」

助手席のドアを開けた彼が私に促した。

「お邪魔します」

二人きりの空間なんて緊張してしまう。彼は全くそんなこと気にしていないようだけれど。

「まずは新居へ向かいますね。区役所はそのあとでも間に合うでしょう。持ってきました？　婚姻届」

「ええ」

膝の上にのせたバッグに入っている。私のところに郵送で届いたときには、彼側の記入欄は全て埋まっていた。私もそれに倣《なら》って、慎重に書き込んだ。

駅前から五分ほど国道を走り、公園がある路地に入って二分ほどの住宅街で車は止まった。

「着きました。ここです」

「ここ、ですか？」

比較的ゆったりとした敷地に三軒、似た感じの新築住宅が並んでいる。

彼が車を駐車場へ停めるのを外で待ち、一緒に家の中へ入った。

玄関は広く、室内は新しい木のいい香りに満ちていた。和のモダンな造りをした一軒家だ。短い廊下を進むと、アイランドキッチンが配置された吹き抜けのリビングダイニングが現れた。床は明るい色味の板張り。正面の大きな窓は南向きで、リビングの一部に琉球畳《りゅうきゅう》が敷かれた和室がある。そこは一段高くなっていた。

「板張りのところは全部床暖房が入ってるから、冬も寒くないと思うよ」

「あの、ここに一人で住む予定だったんですよね？」

彼はお見合いの話が出る前から、実家を出る準備を進めていたと話に聞いていた。とすると、ここは一人には広すぎない？

「最初はね。みもと屋からそう遠くないし、事務所だけこっちに移そうかと思っていたんですよ。でも七緒さんが来ることになって、それはやめました」

和室に歩み寄った彼は、段差の場所に腰掛けた。

「この和室は元々リビングと同じ板張りの予定だったんです。でも急遽《きゅうきょ》和室に変えました。七緒さん、こういうの好きでしょ？」

「え、ええ好きです。とても」

「だったらよかった」

まさか私のために？　なんて自惚《うぬぼ》れてしまうから、優しい顔してそういう言い方はやめて欲しい。

「二階も行ってみましょう」

キッチン横の収納前にある階段から二階へ上がる。北側の廊下に沿った壁は、一面大型のクローゼットになっていた。

「左半分は僕、右半分は七緒さんね」

「こんなにたくさん？」

「これだけあれば、お互いの荷物がほとんど入っていいでしょ？」

西側に洋室がふたつ、東側に畳の和室がひとつ、隣にはトイレと収納。南は大きな窓とベランダで、二階もとても明るかった。

「悪いんだけど、西側のひとつは僕の仕事部屋にさせて欲しい。七緒さんはどこがいいですか？」

どこがいいと訊《き》かれても、そんな図々しいこと答えていいもの？

「いいから、遠慮しないで」

「じゃあ布団派なので、和室でいいですか？」

「もちろんいいよ」

ひと通り全部の場所を見せてもらい、再び車に乗った。

区役所で婚姻届は受理された。こんなに、簡単なものなんだ。夫婦になったというのに、何の実感も湧かない。駐車場前の大きな樹の下で彼が立ち止まった。

「これであなたは僕と同じ、古田になりました」

「ええ」

古田七緒。意外にもしっくりくる、そう感じているのは私だけなんだろうな。

「ですから、僕の呼び名も壮介でお願いします。あなたも古田さんなんですから」

「あ、はい」

そういえば、あの夜以来、まだ一度も「壮介さん」とは呼んでいなかった。

「これからは敬語もやめませんか？　一応夫婦なんだから他人が聞いたら違和感ありますよね」

「わかりました」

首都高に乗れば横浜まではすぐだった。買い物がしたかったので駅のそばで降ろしてもらう。混雑していない場所で車を停めた彼は、なぜか一緒に車を降りた。

「七緒さん」

「どうしたんですか？」

日が落ちたせいで、辺りは急に冷え込んでいる。

「籍を入れたからには、僕は一生あなたのいい夫であるよう努力します」

真剣な声に、勘違いしてしまいそうだった。

「困ったことがあったら何でも言ってください。できる限りのことはしますから」

愚かな夢を見ては駄目。泣き出したくなる気持ちを無理やり閉じ込める。

「壮介さん」

この先、永遠に呼び続けるだろう彼の名。

「はい」

「敬語になってる、けど」

「あ、そうだった……！」

彼は慌てた様子で手で口元を押さえ、すぐに離して小さな声で言った。

「そうだけど、大切なことなんだから敬語で伝えてもいいでしょ」

一瞬むくれたようだったのは気のせいかな。この人って本当に、私より年上には見えない。子どもっぽいわけではないんだけれど、何というか雰囲気が若い感じ。

「私も、お料理頑張ります」

「うん。期待してるけど、まぁ食べられれば何でもいいよ」

運転席に乗りこんだ彼が、助手席側の窓を開けて顔をこちらに向けた。

「じゃあ、また」

「ありがとうございました」

秋から冬へと変わった空気が冷たい。空に浮かんだ細い三日月に向かって小さくため息を吐《つ》く。

彼との結婚生活が始まる。愛し合った本物の夫婦だったら、どんなに楽しみだったろう……。

＋　＋　＋

どんよりとした曇《くも》り空の広がる、十二月末の木曜日。お天気がもってくれてよかった。

引越し屋さんのトラックを見送った私は、昨日買っておいた食材を手に持ち、新居へ向かうためにマンションを出た。母がエントランスの外まで一緒について来る。

「お母さんが車で送ってあげようか？　引越し屋さん、先に着いちゃわない？」

「壮介さんがいるから大丈夫だよ」

「あ、そうだったわね」

寒そうに身を縮める母の顔を見つめる。明日まで仕事がある父は、私を見送れないことを残念がっていた。

「お父さんに、行ってくるって伝えておいてね。昨夜も朝も一応挨拶《あいさつ》はしたけど」

今さら改まった挨拶なんて照れくさかったけれど、父の「いつでも帰ってこい」という言葉に思わず涙ぐんでしまった。

「お正月は古田さんと一緒にこっち来るんでしょ？　といってもあと数日だもんね」

「うん、そのつもり。お母さん。寒いから、もう中入っていいよ」

「困ったことがあったらすぐ連絡なさいよ。明日でも明後日でも、今夜でも」

「うん、ありがと。お正月済んだら遊びに来てね」

「絶対行くわよ。年末じゃなかったら明日にでも行くのに」

「じゃあね。……お世話になりました、お母さん」

母の言葉に笑い、そして手を振った。

「いいえ、どういたしまして。気を付けてね。しっかりやんなさいよ」

歩き出した私を、母はいつまでも見送ってくれた。

新居がある駅で降りて、バスを待つ。バッグに手を入れたとき、取り出そうとしたスマホが鳴った。壮介さんからだ！

「はい」

『七緒さん、今どこ？ 引越し屋さん来てるんだけど』

「あ、ごめんなさい！ 今バスを待っているところなの」

電車のほうが早いと思っていたのに、結局抜かされてしまった。

『そうなんだ。あのさ、桐《きり》の箱に入った雛《ひな》人形は一階？ 二階？』

「えっと、一階の和室で」

『あとは二階の和室で平気？』

「うん。お願いします」

通話を終えたところでバスが来た。道はとても空《す》いていて、五分で最寄りのバス停へ着いた。そこから走って一分。新居の前に引越し屋さんのトラックが停まっている。壮介さんは三日前に引っ越しを終えていて、あとから私が家に入ることになっていた。

「壮介さん！ 今着きました！」

玄関で大声を出しながら靴を脱いで、リビングへ駆け込んだ。

「七緒さん、もう終わっちゃったよ」

「え！」

声のした方を見上げると、引越し屋さん二人と彼が階段を下りてくるところだった。

引越し屋さんに提示された書類にサインをし、支払いを済ませる。本当にあっという間に終わってしまった。

彼がペットボトルのお茶をグラスに注いでくれた。

「すみませんでした。私、何もしないで」

キッチン前に置かれたダイニングテーブルで、彼と向かい合って座る。走って来たから冷たいお茶がおいしい。

「それはいいけど、七緒さんて荷物少ないんだね。驚いたよ」

「いらないものは全部処分したんです。新居を物でいっぱいにしたくなかったから」

「なるほどね。ていうか、さっきから敬語になってるよ」

「え、あ！……うん」

「七緒さんも人のこと言えないね」

笑いながら立ち上がった彼は、一階リビング横の和室に入った。

「雛人形は、そこの押入れの下の段に入ってるから」

「ありがとう。あの、春になったら飾ってもいい？」

「いいよ。雛人形なんて縁がなかったから見てみたいし」

実家はいずれ帆夏のお雛《ひな》様を飾ることになるだろうから、と私の分はこちらへ持ってきてしまった。マンション住まいが理由で豪華な七段ではなく小ぶりの親王《しんのう》飾りなんだけど、春になったら出してみたい。私たちの間に子どもができて新たに買う、なんてこともないわけだし……

でも壮介さんは一人息子なのに、そんなことでいいんだろうか。きっと彼のご両親は子どもを期待しているはず。あまり深く考えずにバタバタとここまで来てしまったけれど、彼はどうするつもりなんだろう。

「あの」

「ん？」

テーブルに戻ってきた彼は眼鏡の真ん中を押さえて私を見た。

「何から何まで準備してもらって、すみません」

「別に、適当に揃えただけだから」

「家電も家具も、たくさんお金使わせちゃったでしょう？」

「この前も言ったけど、元々一人で住む予定だったから気にしなくていいよ。七緒さんだって掃除に来てくれたでしょ。だからおあいこ」

婚姻届を出したときに合鍵を受け取り、彼の引越し前に一度ここを訪れていた。

「そういえば七緒さん、自転車買ったの？　玄関に置いてあったけど」

「そうなの。お掃除に来たとき、商店街の自転車屋さんで可愛いのがあったから買っちゃった」

ひと目見て気に入ったベージュ色の自転車。横浜にいたときは坂が多くてほとんど乗ることはなかったけど、平地が広がるこの辺りなら、どこまでも行けそうだ。

「駅の商店街、結構いいでしょ」

「はい。すごく長い商店街で何でも売ってるから驚いちゃって」

「僕も自転車買おうかな〜。そうすれば休みの日は、この辺一緒に回れるよね」

「一緒に……？」

「うん、一緒に。何か不都合でもある？」

「う、ううん。別に」

訊《き》き返す壮介さんから目を逸らす。疑問に思う私のほうがおかしいのかな。休みの日を一緒に過ごすなんて、まるで普通の夫婦みたいじゃない？

「さて、改めて隣近所へ挨拶《あいさつ》に行こうか。ついでに夕飯を食べてこよう」

「はい」

挨拶後、近くに見つけたお蕎麦屋《そばや》さんで夕飯を済ませた。家に戻り、先に壮介さんがお風呂へ入る。彼のあとに続いて私も入り、湯船の中で一人大きく深呼吸をした。

私、本当に結婚して彼と一緒に住むことになったんだ。生活が始まった途端、急激に実感が湧いた。それと同時に、心細さで胸がしめつけられる。上手く、やっていけるんだろうか。彼と一緒に、この家で。

眠る前の支度を終えて二階へ行き、洋室のドア前に立った。扉を静かに叩く。

「壮介さん」

「はい、どうぞ」

ドアをほんの少しだけ開ける。中をじろじろと覗いたらいけない気がして顔は伏せた。

「壮介さんも、お布団でいいんだよね?」

「うん。ベッド苦手だから」

「お隣の洋室にお布団敷いておいたの。エアコンもつけてお部屋温めてるから、適当に消してね」

「え? ああ、ありがとう」

「私は寝ます。おやすみなさい」

「おやすみ」

最後まで顔は見ずに声だけ聞いてドアをそっと閉めた。大型のクローゼットの前を通って私の部屋になった和室へ入り、お布団を敷く。寝転がって大きく息を吸い込んだ。新しい畳のいい匂い。和紙でできたランプシェードが、柔らかな光で部屋を照らしている。

明日は五時半に起きよう。誰かのために朝ご飯を準備するのなんて初めてだから緊張する。スマホのアラームを確認したとき、部屋の引き戸がトントンと鳴った。

え！　壮介さん、だよね？

慌てて起き上がりカーディガンを羽織る。布団の上に座ったままの姿勢で、戸の向こう側へ返事をした。

「は、はい」

「僕だけど」

「どうしたの？」

「開けていい？」

「どうぞ」

返事をしたのに、なかなか開かない。かたかたと引き戸が音を立てている。こ、怖いんですけど。

「七緒さん、ちょっと開けてくれない？」

立ち上がって引き戸の前に行き、静かに開けると目の前には、お布団の山。

「きゃ！」

パジャマ姿の壮介さんが布団一式を両手に持ちながら、部屋に入って来た。

「僕もこっちがいい」

「え？　ちょ、ちょっと」

戸惑う私を余所《よそ》に、彼は部屋の奥へ行ってしまう。

「よいしょっと」

壮介さんは畳の上に布団を置いた。な、なんで？

「七緒さんの布団もう少しそっちに寄せて。僕のが敷けない」

言われた私は慌てて自分の布団を掴んだ。

「あ、じゃあ私が洋室に行くから」

「駄目」

「駄目って」

「ここは七緒さんの部屋でしょ。襲ったりしないからいてよ」

いてよ、って一緒にここで寝るってこと？　彼の行動が全然理解できない。

結局、壮介さんは私の布団の隣へ無理やり自分の布団を敷いた。そしてそこに、横になる。眼鏡を外した彼が、布団の上に座る私のほうを向く。どきんとして肩が縮まった。

「七緒さん」

こちらを見つめる瞳と名前を呼ぶ声に、どうしたって鎌倉でのあの夜を思い出してしまう。見つめ返すと、胸が痛くなった。

「明日の朝、七時に起こしてね」

「う、うん」

「おやすみ、なさい」

枕元に置いていたリモコンを使って部屋の電気を落とし、私も布団へもぐりこんだ。窓際の障子《しょうじ》が月明かりに照らされて、部屋の中が薄ぼんやりと浮かび上がる。一分ほどして彼が寝返りを打った。

「あの、壮介さん……寝た？」

「いや、起きてるよ」

「もしかして和室がよかったの？　ごめんなさい。私が取っちゃって」

「別に、そんなことないから気にしないでよ」

じゃあなぜ、と問いかけようとしたそのとき、彼がぽつりと呟いた。

「七緒さんがホームシックで眠れなかったら困るから」

「そんな、子どもじゃあるまいし、なりません」

「大人だって、なる人はなるよ」

「もしかして壮介さんはなるの？」

「僕がなったら気持ちが悪いでしょ。絶対になりません」

「私だって絶対になりません」

お風呂の中で思ったことを悟られたような気がして、もっと強く否定する。しばらく黙っていた壮介さんが、ゆっくりとした口調で言った。

「……もしもなったら、困るんだよ。……すごく」

私を諭すような低く穏やかな彼の声は、次第に途切れ途切れになっていった。

「君は一生……僕と一緒に、この家で……暮らすんだから、それは……」

「？」

「……」

それ以上の言葉はなく、薄暗がりの中に響くのは彼の静かな寝息だけだった。

心配してくれたのか何なのかよくわからないけれど、こんなふうにするのは逆効果だからと教えてあげたい。隣に彼の気配を感じるだけで、眠くなるどころか余計に目が冴えて、ため息ばかり吐いてしまうことになっているのに。

彼の寝息が……情熱的だった夜の吐息を思い出させて心臓に悪い。すごく、困るよ。

――君は一生、僕と一緒に、この家で暮らすんだから
彼の言葉を頭の中で繰り返しながら、私は静かに瞼《まぶた》を閉じた。

顔を洗って着替えて、軽くメイクをして、エプロンを締めて……なんていうことをしていたら、六時を過ぎてしまった。

いよいよ、本格的な新婚生活が始まった。

「明日はもっと早く起きないと駄目かな」

用意してあった、お米を研ぐ。お味噌汁を作りながら、だし巻き玉子に添えるための大根をすりおろしていると辺りが明るくなってきた。買っておいたお漬物を冷蔵庫から取り出す。冷え冷えだ〜。手が冷たい。

「おはよう……」

「わっ！」

すぐ後ろで声がして、お漬物を落としそうになった。着替えていない壮介さんが寝惚け眼《まなこ》で私を見ている。び、びっくりした……

「おは、おはよう。あれ、もう七時？」

「……うん」

男の人と朝の挨拶《あいさつ》を交わす、なんてことは父と弟以外はなかったから、必要以上に緊張してしまう。昨夜だって結局なかなか寝付けなかったし。

彼は目を擦《こす》って、襖《ふすま》を開け放してある和室へと入って行った。

「寒い……」

スイッチを入れ、ごろりと横になってコタツの中へもぐりこんでいる。

「壮介さん、そっちで食べるの？」

「寒いからこっちがいい」

頭まで入っている彼の声がコタツの中から聞こえた。床暖房つけてるし、エアコンも入っているから、こっちも結構暖かいと思うんだけど……

ご飯の用意ができたのは七時ジャスト。はぁ、なんとかぎりぎり間に合った。

コタツの天板におかずを並べていく。だし巻き玉子、アジのひらき、炙《あぶ》った海苔《のり》と、お漬物。ネギとワカメのお味噌汁と炊き立てのご飯から、もわもわと湯気が立ち昇っている。

「壮介さん。コタツの中、熱くない？」

「熱い。でも寒いのやだ」

何だか子どもみたい。でもとにかく出てもらわないと。

「食事の用意ができたから、出てきてくれる？　コタツ動かしたら危ないから気を付けてね」

「んー……」

「熱いお茶すぐ淹《い》れるから、先に食べてて」

キッチンへ戻って、お茶を淹れながら和室を振り向くと、彼は起き上がって目の前に並んだ朝ご飯をじっと見ていた。

「いただきます。うーあったまる。味噌汁、うまいね」

お味噌汁を啜《すす》る彼の前に、湯呑《ゆのみ》を差し出す。

「玉子焼き、うまいね」

「あ、ありがと」

「アジのひらき、うまいね」

「ありがと」

「漬物うまいね」

「そ、そう？　実家の商店街で買ったのなんだけど」

「……うん」

大丈夫かな。コタツにもぐっていたせいか髪はぼさぼさだし、眠そうだし。本当に目が覚めているのか心配になってしまう。私もお味噌汁を飲み、炊き立てのご飯に海苔をのせて食べ始めた。

私が半分ほど食べ終えたとき、ようやく彼がしっかりした口調で話し始めた。

「七緒さんて、朝食は和食派？」

「どっちでも派……です」

「毎朝こんなに大変だろうから、パンでもいいよ」

「これくらいなら大変じゃないけど、私もパンが食べたいときあるから、交互にしてみます」

「うん、そうして」

淡々と交わした会話に、いかにもこうしているのが当たり前のような感じがして、変な笑いが込み上げてきた。鎌倉での出逢い、彼に抱かれたこと、契約結婚を交わしたこと。全部に現実感がない。

「ごちそうさまでした。おいしかったよ」

「お粗末様でした」

私が頭を下げると、彼が言った。

「七緒さんて、そういうところがいいよね」

「そういうところ？」

「お粗末様とかさ。きちんと育てられたんだなって感じがする。嫌味がないというか」

当たり前のことを褒《ほ》められて、妙に恥ずかしくなった。母がいつも言っている言葉をそのまま使っただけなんだけどな。

「食べたら眠くなった」

再び横になった彼は、もぐったコタツ布団から顔だけ出している。

「あの、ヒーター別にあったほうがいい？　そんなに寒いの？」

「うーん……」

「お家では、いつもどうしてたの？」

天井を見つめながら、彼が答える。

「どうもしてないよ。実家は古くてこの家よりずっと寒いから、コタツにもぐって朝まで寝るときもあったし」

「え！」

「昔からある石油のヒーターだったかな。青い炎が見えるやつを実家で使ってた。でもあれは臭いが好きじゃないんだ」

突然彼がコタツから、がばっと起き上がった。

「そうだ、あれだ！　あれが欲しい」

「あれって？」

「なんていうんだっけあれ。ほら、あったかくて上に羽織るやつ。綿が入っててさ、ふかふかしてるの。こう、着物の袖《そで》みたいになってて」

「もしかして半纏《はんてん》のこと？」

「そうそう、半纏だ。あれがあればコタツにもぐらなくても暖かいんだよ。実家に置いてきちゃったな〜。でもだいぶくたびれてたから、新しいのを買うかー……」

ぶつぶつ言っていた壮介さんは、顔を上げて私を見た。

「ねえ、七緒さん買ってきてよ。駅の商店街にありそうじゃない？」

「ありそうだけど、どんなのでもいいの？」

「いいよ。七緒さんのも買えば？　あったかいよ」

「私も？」

「うん」

返事をした壮介さんは、名残惜しそうにコタツから出て、立ち上がった。

「ごめん。洗い物お願いしてもいいかな？」

「はい。もちろん」

私の返事に頷いた壮介さんは、食べ終わった食器を持ってキッチンへ行き、シンクに置いている。私も食器を持って彼のあとに続いた。

「どうしようかな」

食洗機で洗うか、自分の手で洗うか……。キッチンの前でしばらく悩んだ私は、結局自分の手で洗い物をした。終わって手を拭いていると、玄関から声がした。

「いってきます」

「え！　あ、待って」

いつの間に……！　靴を履く彼に駆け寄り、挨拶《あいさつ》をする。

「いってらっしゃい」

「ゴミとかあったら出すけど」

靴ベラを私に渡した彼が言った。

「あ……！」

ゴミ捨てのことなんてすっかり忘れてた。というか、今日が何のゴミの日かすら把握していない。

「あの、今日は私が捨てるから大丈夫、です」

「年末なんだし、いつまで捨てられるかわからないから、気を付けてね」

「はい」

確か、ごみ収集のお知らせをもらってたはずだから、すぐにチェックしないと。

「あ、そうだ！」

慌てて靴を履いてドアを開け、車へ乗ろうとした彼を追った。

「壮介さん！」

「どうしたの？」

「壮介さんのワイシャツって、どうしたら」

「ああ、みもと屋のそばにあるクリーニング店に、いつもお願いしてるから平気。昔から付き合いがあるから急にやめることもできないし、自分で出すからいいよ。スーツも」

「わかりました」

ホッと胸を撫で下ろした私を見て、彼が噴き出した。

「真面目だなぁ」

「え」

「七緒さん、あんまり焦らなくていいって。できることからやってくれれば、それでいいんだからさ」

車に乗り込んだ彼を見送って、大きくため息を吐《っ》いた。

だって、きちんと奥さんらしくできなければ、私がここにいる意味がなくなってしまうでしょう? 触れ合うことのない夫婦関係なのに、あきれられて会話すらなくなったらと思うと……そんなこと怖くて想像したくないもの。

よく晴れた空を仰ぐ。のんびりしている暇はない。

すぐにゴミ出しをして洗濯を始めた。タオル類や枕カバーや普段着はいいとして、父や弟以外の男物の下着を干すのは初めてだから、またそこで緊張してしまう。掃除を終えれば、もうお昼近くになっていた。丁寧にやり過ぎたのか、時間の配分がまずいのか、とにかく予定より大幅に遅れている。事務仕事なら得意なんだけど、こういうことは要領悪かったのね、私。

午後は自転車で商店街へ買い物へ出た。

「はい、いらっしゃい! そこの奥さん、お姉さん! 見てってほら!」

どこを通っても同じように大きな声をかけられた。呼ばれ慣れていない「奥さん」に顔を赤らめ、愛想笑いをしてそそくさと、そこを通り過ぎた。

年末の商店街は活気づいていた。あちこちにあるお魚屋さんには、大きな蟹《かに》やマグロのサク、ぷりぷりとした数の子に鮮やかな色のイクラが並んでいる。お店の人が立派な伊勢海老《いせえび》などを手に持ち、大きな身振り手振りで、お客さんを呼び込んでいた。群がるお客さんたちとのやり取りが面白い。

臨時で立てられた、お正月飾りを売る店の前で立ち止まる。ささやかなものでいいから玄関のドアに飾ってみようかな。

「これください」

小さなしめ縄が輪になっている、可愛らしいお飾りを指差した。

「あいよ、ありがとねー！　これオマケ！　一緒に入れとくよ！」

「わ、ありがとうございます！」

買ったものは小さかったのに、大きな松の葉を一緒に袋へ入れてくれた。

壮介さんと私の実家へ持っていくお年賀や、お正月までの食材、買い忘れた洗剤などを選び、最後に半纏《はんてん》を買った。私のも……。壮介さんが買いなよ、って言ったんだからと言い訳の言葉が頭の中をぐるぐるしてる。

ちょうど夕飯の準備を終えたとき、壮介さんが家に帰って来た。鞄《かばん》をソファに置いた彼が和室を覗いて気付く。

「やっぱり半纏《はんてん》だ！　早いね～七緒さん。ありがとう」

大きな袋をがさがさ言わせて、中から取り出している。

早速スーツのジャケットを脱いで半纏に袖《そで》を通した壮介さんは、すごく嬉しそうだ。

よっぽど半纏が好きなのね。

「この色いいね。七緒さんのも買ったの？」

「うん。壮介さんが勧めてくれたので、私も買ってみました」

頭の中で考えていた言い訳を口にする。お揃いなの、なんて可愛いことは言えない性格。

「おいで」

「え」

「七緒さんも着てみなよ。あったかいよ」

私に着せる感じで半纏を広げている。戸惑いながら、彼に近付いた。背中を向けて袖に手を入れると、もう片方の袖も着せてくれた。

「あ、あったか～い」

ほわほわふかふかしていて、思ったよりもずっと軽くてあったかい。顔を綻ばせたそのとき、壮介さんの腕が後ろから、私を半纏ごと包み込んだ。

「お揃いだね」

耳元に低い声で囁《ささや》かれ、全身が固まる。

「着替えてくるよ」

私から離れた彼は半纏を羽織ったまま、ジャケットと鞄《かばん》を手にして二階へと上がって行った。

心臓、飛び出すかと思った。本当に……本当にそっとだけど、抱きしめられたよ、ね……？　脱いだ半纏を手に抱いて、誰にも聞こえないくらいの小さな声で呟いた。

「迫らない、って言ったのに……」

＋　＋　＋

隣の布団で寝ている壮介さんを起こさないよう静かに自分の布団を畳み、収納ケースから着物を取り出して部屋をそろりと出た。

彼は結局、ここに住み始めた日からほぼ毎晩、私と同じ部屋で寝ていた。だからといって何があるわけでもなく、ただ隣で眠っているだけ。

トイレに行き、洗面所で顔を洗ってメイクをして、髪をまとめる。今日は眼鏡を外してコンタクトにした。着物に着替えて、上から割烹着《かっぽうぎ》を着る。

彼は九時に起きると言っていたから、まだまだ時間はあった。外はとても静かで、お正月にふさわしい青空が広がっている。キッチンに立って、お雑煮《ぞうに》の準備を始めた。澄んだだし汁に、筍《たけのこ》、しいたけ、鶏肉を入れて煮込む。お雑煮は何度か作ったことがあるから、焦ることなく順調に進んだ。

お餅を用意していると、いつものように後ろから声をかけられた。

「七緒さん」

「あ、おはようございます」

パジャマの上に半纏《はんてん》を着こんだ恰好で、壮介さんが私の姿をじっと見ている。

「驚いた。着物着てるんだ」

「うん。お正月だから着ようかと思って」

柔らかな珊瑚《さんご》色の唐花《からはな》文様が入った、翡翠《ひすい》色の小紋。アンティークの落ち着いた縞《しま》模様の帯と淡い黄色の帯揚げ。濃いめの山吹《やまぶき》色の帯締めには、陶器でできた白いブローチを帯留めに。全体的にレトロな雰囲気でまとめた。といっても今は割烹着《かっぽうぎ》を着ているから、彼にはまだ隅々《すみずみ》まで見せていない。

焼き網でお餅を焼き、お椀に入れる。具の入っただし汁を掛けて、茹《ゆ》でた絹さや、三つ葉と刻んだ柚子《ゆず》の皮を散らした。いい香りが鼻をくすぐる。

和室のコタツに座る彼の前に、お椀を置いた。

「お昼に、うちの実家でたくさん食べることになると思うから、これくらいでいい？」

大晦日《おおみそか》の昨日のうちに作っておいた紅白なますと簡単な煮物、あとは買ってきた少人数用のお節《せち》をお皿にのせた。母は料理をたくさん作ったらしく「食べきれないだろうから、絶対に持って帰ってよ」とメールをくれたので甘えることに決めていた。

「十分だよ」

返事をした彼に改めて向き直り、割烹着を脱いだ。正座をし直し、畳に両手を着いて頭を下げる。

「あけましておめでとうございます。今年もどうぞよろしくお願いします」

「うん、おめでとう。こちらこそ、今年もよろしくね」

律儀だなぁと笑った壮介さんは、お椀を持ち上げてお雑煮を啜《すす》った。

「へえ、餅が香ばしくてうまいね」

「網で焼いたの。壮介さんのお家は違うの？」

「味は大体同じだけど、餅は煮込むね。母親の実家がそうらしいんだ。でも僕はこっちのほうがさっぱりしてていいな」

「私は煮込んだのも好き」

「そう。じゃあ今夜食べられるかもよ」

今日は昼前に私の実家、夜は彼の実家へお邪魔することになっていた。

「七緒さん、実家にも着物着ていくの？」

「うん。この上に長羽織《はおり》を羽織って行きます」

一応防寒用に、ウールのショールも持っていくつもりだ。

「じゃあ僕も着て行こうかな。この前、父親にもらったのがあるから」

あっという間に食べ終えた壮介さんは、小さな箱を私の前に置いた。

「結婚指輪ができ上がったんだ。今日から着けたほうがいいよね。実家へ行くんだし」

入籍をした日の夜にメールが来て、サイズを訊《き》かれたんだっけ。そんなことすっかり忘れていた。仲よく一緒に選ぶことはないとわかってても、少し寂しい。

「七緒さん、左手出して」

彼の前に左手を出すと、薬指に指輪をはめてくれた。久しぶりの彼の手の温もりに動揺する。

「僕にも」

「はい」

今度は私が彼の手を取り、その左手薬指に指輪をはめた。

シンプルなフォルムの指輪は、私のほうにだけ小さなダイヤモンドが埋め込まれている。とても綺麗だ。

「どう？　きつくない？」

「大丈夫。ぴったりです」

「……そう」

離そうとしたとき、手をぎゅっと掴まれた。驚いて顔を上げると、彼が私の瞳を覗き込んでいた。その真剣な表情に、思わず目を泳がせる。

「失くさないようにね。僕たちが夫婦だという、契約の証《あかし》なんだから」

そう言って彼は、空の食器を手に和室を出て行った。きらりと光る薬指を見つめる。

そう、忘れちゃいけないの。これはただの……契約の証。

片付けを終えた頃、彼が二階から下りてきた。

「お待たせ」

着替えた彼の姿に、思わず胸が高鳴る。

グレーのウールアンサンブルに黒のマフラーを巻き、足元は黒い別珍《べっちん》の足袋《たび》。久しぶりに見る彼の着物姿は、冬の装いがとても素敵で、よく似合っていた。

「足袋は七緒さんのに合わせた」

私の深緑色の別珍の足袋を、彼が指差す。意外と私の恰好も見てるんだ。

「七緒さん、こういうの好きでしょ」

にっと笑った彼が首元のマフラーを引っ張り、内側の黒いタートルネックを見せた。

それに加えて、いつもは黒縁眼鏡なのに今日は縁なしの眼鏡を掛けているから、余計にドキドキしてしまう。

「うん、すごく……似合ってます」

好きとも言えずに顔を逸らしてしまった。うつむいた視線の先は、左手の薬指。ときめいても無駄なんだと、真新しい指輪に教えられて途端に苦しくなる。わかってはいるけれど……どうしようもないんだもの。

私の実家でお酒を飲むことになっているため、今日は車ではなくバスと電車を使って移動する。横浜へ近付くにつれて、電車内が混雑し始めた。初詣《はつもうで》や、福袋目当てにショッピングモールへ向かう人、デートや家族連れ、私たちのように実家へ行く人たちもいるんだろう。

そんなことを考えていると、駅でまた人がどっと乗り込んで来た。立っていた私と彼は自然と奥へ押され、上手く身動きが取れずに体が密着した。

「七緒さん、僕のそば離れないでよ」

「……はい」

囁《ささや》いた彼の声とともに息が耳にかかり、どうしようもなく切ない気持ちになってしまった。壮介さんは何も思わないの？　あの夜の私を微塵《みじん》も思い出すことはないの？

たまらなくなって、すぐそばにある壮介さんの横顔を見つめていると、それに気付いた彼と視線が合った。眉根を寄せた彼が不満げな声を出す。

「あのさ、電車の中でそういう顔しないでくれる？　困るんだけど」

「困るって？」

「何でもない」

ふいと顔を横に向けた彼は、そのあと私のほうを見ることはなかった。心なしか顔が赤いような気がする。だけど何が困るのか、思い返してみても心当たりがない。

あとふた駅で横浜に着く、というときだった。まだ混んでいる車内で壮介さんが体を動かし、私の肩に手を回して自分に強く引き寄せた。

「おい」

低い声を出した彼は私ではなく、どこかを睨んでいる。でも体を動かせないから、彼の視線の先を確認できない。

アナウンスが流れ、電車が駅に停まった。

「七緒さん、降りるよ」

「え？　でもまだ」

横浜は、この次なのに。

「いいから」

私の肩から手を放した彼は体勢を変えてドアのほうへ向いた。と同時に私の手を握り、人の波にのってホームへ降り立つ。

「タクシー乗ろう」

「もしかして、私が変な顔してたから降りたの？」

「え？」

「だってさっき、そういう顔するなって」

電車に酔ったかと思われたんだろうか。

「ああ。変な顔なんてしてないよ。むしろ逆。着物着てるし、いつもと雰囲気違うんだし、あれだけ密着して、あんな表情で見られたら変な気分になるって。こっちは」

彼の歩くスピードがますます速くなるから、私も草履《ぞうり》を履いた足を必死に動かして、ついていく。

「鎌倉……思い出すから」

「！」

言われて顔が熱くなった。

「そんなことより七緒さん。電車の中でぼーっとしてちゃ駄目だよ。混んでるんだし」

「別に、ぼーっとはしていなかったつもりだけど」

「七緒さんの後ろに立った男が、七緒さんのこと、じろじろ見てたんだよ。何かされなかった？」

「え！　何もされてないです。着物が珍しかったから見てたんじゃなくて？」

「この辺……」

「あ……っ」

うなじに指を押し付けられて、ぞくりとした。一瞬で体中の神経がそこに集中したんじゃないかと思うくらいに、彼の指を感じる。壮介さんは押し当てた場所から、ゆっくり肩の線までなぞって、そっと指を離した。

「やらしい目付きでじっと見た後に、七緒さんの横顔もわざわざ覗き込んでくるような真似したから声かけたんだよ。すぐに顔逸らしてたけど」

私を引き寄せたとき、その人を睨んでたんだ。

「やっぱり車で来ればよかった。帰りはタクシーで僕の家まで行こう。いいね」

舌打ちをした壮介さんの不機嫌そうな横顔を見上げる。

触れられたうなじがまだ熱い。同じ場所を自分の指で確かめる。たったこれだけのことなのに、昂《たかぶ》る気持ちを抑えることが難しいなんて、どうかしてる。

誰にも聞こえないよう静かに息を吐きだし、私は平静を装って彼の隣でタクシーを待った。

実家であるマンションのエントランスで、オートロックのインターホンを鳴らす。家の鍵は持っているけれど、今日は壮介さんもいるし、一応母に声をかけてから入ろうと思ったから。

　エレベーターに乗り込む。

「弟さん夫婦はもう来てるの？」

「近いから多分」

「そう」

　意外にも壮介さんは緊張しているようだった。エレベーターを降りて奥のポーチへ入る。鍵の開いた扉を引くと、大きな声で名前を呼ばれた。

「ななちゃん！」

「帆夏、待っててくれたの～？」

　インターホンを鳴らしてからすぐに玄関まで来たのだろう。笑顔で私を迎える帆夏をしゃがんで抱きしめる。もう、可愛いんだから……！　帆夏は小さな指で着物に触った。

「ななちゃん、きれい」

「ありがとう。でも帆夏のほうが、すっごく綺麗よ。新しいワンピース似合ってるね。お姫様みたいに可愛い」

　得意げに笑った帆夏はワンピースの裾《すそ》を持ってひらひらさせ、その場でくるりと回った。ツインテールにした長い髪もお気に入りのようだ。

「こんにちは」

かがんだ壮介さんが、帆夏に声をかける。

「だあれ……?」

そうだ、帆夏は初対面なんだよね。壮介さんのことを何て説明しよう。

「ななちゃんと結婚した人だよ」

迷う私の横で彼が躊躇《ためら》いなく返答した。な、ななちゃん!?

「けっこん?」

「ななちゃんのね……なんて言ったらわかりやすいかな、うーん」

優しく説明しようとする壮介さんに、帆夏は珍しく人見知りもせずに会話を続けた。

「ななちゃんの、おうじさま?」

「ははっ! そうだね。そういうことになるのかな。うん、王子様だよ。よろしくね」

壮介さんが笑うと、帆夏も楽しそうに笑った。ななちゃんとか、王子様とか……一体どうしたらいいの、この空気。

「はい、帆夏の挨拶《あいさつ》は終わりよ。さあさあ二人とも上がって。ごちそういっぱいあるわよ」

リビングからこちらへ来た母が、すかさず話に割って入った。

「お義母《かあ》さん、あけましておめでとうございます」

「おめでとうございます。よくいらっしゃいました、壮介さん。改めてあっちで挨拶《あいさつ》しましょ。お父さんたちが待ってるから」

「はい」

帆夏と楽しく会話をしたからか、壮介さんの緊張は少し解けたようだった。

リビングには父と弟の隆明、奥さんの時恵ちゃんが大きなローテーブルを囲んで私たちを待っていた。

父と弟夫婦と挨拶を交わした壮介さんは愛想がよく、聞き上手の話し上手で、あっという間に皆の中に溶け込んでいた。テーブルの上いっぱいに並ぶ母の手料理を小皿に取って隣の彼に渡す。おいしいと食べる壮介さんに、母も嬉しそうな笑顔を見せた。

帆夏にお年玉をあげた壮介さんは、父に向き直って言った。

「お義父《とう》さん、もう土地は決められたんでしたっけ？」

「お陰様でね。いいタイミングだったよ」

顔合わせの食事会のときに父が家を建てる話をしていて、壮介さんのご両親と盛り上がっていたんだっけ。

「もしお困りのことがあったら僕に言って下さい。元不動産勤務なんで」

「おお、そうだったのかね？」

「二年前まで勤めていました。まだ繋《つな》がりはありますから何かあればいつでも連絡ください。もしかしたら担当の方を、僕も知っているかもしれないですし」

みもと屋の前に勤めていたということよね。それは初耳。

「親父、よかったじゃん。担当さんに遠慮して訊《き》けないことあるって言ってたもんな。古田さんに相談しなよ」

隆明の言葉を聞いた壮介さんは、値段交渉はできませんよ、と冗談交じりに答えた。父も弟もつられて笑う。端から見ていると、壮介さんは私にとって完璧な夫だった。ほどよい気遣いができ、空気を読み、だらしなさは見せずに砕けた話もできる。私のことをさり気なく褒《ほ》めるから、父は満足げな顔を何度も見せていた。

母が帆夏の相手をしている間、私は持参した割烹着《かっぽうぎ》を着てキッチンに入った。汚れたグラスを洗っていると、時恵ちゃんが空いたお皿を集めてきてくれた。

「お義姉《ねえ》さん。お義兄《にい》さん、本当にイケメンの眼鏡男子でしたね。話も上手だし、感じいいですし」

「あ、あー……そう？」

「そうですよ～。それに着物男子って素敵ですよね。私も隆明くんに着て欲しいな」

「あいつは時恵ちゃんが言えば、着ぐるみでも何でもほいほい着るんじゃない？」

「着ぐるみって……！」

噴き出して笑った時恵ちゃんが、ふきんを手にして言った。

「お義姉《ねえ》さん、すごく綺麗ですよ。着物姿は初めて見ましたけど、いいな。憧れちゃう」

「あ、ありがと。急にどうしたの？　何も出ないよ？」

「お世辞じゃないですってば。お義兄《にい》さんとお似合いで素敵です」

キッチンへ入って来た母が冷蔵庫を開けながら、私たちの話に加わった。

「壮介さん、いい旦那様ね。全然心配なさそうじゃないの。お父さんは上機嫌だし、隆明も楽しそうだし、男三人ですっかり意気投合してるわよ」

母と時恵ちゃんが顔を見合わせて頷いている。二人の笑顔と、さっき見た父の満足げな表情。

これで……よかったんだよね。たとえ契約結婚でも、私が望んでいたものが壮介さんのお陰で実現したんだから――

煮物やお漬物に揚げ物まで持たされ、大荷物を抱えて実家を出た。壮介さんが宣言した通り、帰りはタクシーを捕まえて一旦家に戻る。荷物を置いて再びタクシーで二駅先の彼の実家へ向かう。壮介さんはその間、何故かひと言も私と話すことはなかった。気を遣って疲れたのかもしれない。

みもと屋に着いたときには夕方の六時半を回っていた。すっかり日は落ちている。

「ただいま」

彼が裏の玄関の大きな引き戸を開けた。すぐに奥からお義母《かあ》さんが出てくる。私は広い三和土《たたき》で彼の斜め後ろに立ち、頭を下げた。

「あけましておめでとうございます。お邪魔します」

「おめでとうございます。あらあらまぁまぁ、七緒ちゃん着物着てきたの？　素敵ねえ！」

義母《はは》は私のことを「七緒ちゃん」と呼んでいた。初めて会ったときからそうで、今ではもう全く違和感がない。

「羨《うらや》ましいわぁ。若くて可愛いから、とってもよく似合ってる」

「あ、ありがとうございます」

明るい笑顔と嬉しい言葉を向けられ、照れてしまった。ふっくらとした体つきの、お義母さんの優しげな雰囲気が、私を安心させてくれる。

「壮介もぴったりだったわね。お父さんの若い頃に体形が似てるのねぇ、やっぱり」

「まぁね」

「急にどうしたのかと思ったら、七緒ちゃんが着物を着るからなのね。納得したわ、うん」

「母さん、余計なことは言わなくていいから。上がらせてよ」

「はいはい」

どうぞと言われ、草履《ぞうり》を脱いで彼とともに部屋へ向かった。

茶の間でお義父《とう》さんと挨拶《あいさつ》を交わしてから、ここでも割烹着《かっぽうぎ》を着て、急いでお義母《かあ》さんのいる台所へ行く。

「お義母さん、お手伝いします」

冷蔵庫からビールを取り出した義母《はは》が、横のテーブルにのったお節《せち》料理を指差した。

「ああ、いいのよいいのよ。それ出すだけだから。私ね、ほとんどお料理しないのよ。特にお正月は全然しないの。だから気にしないで」

「そうなんですか？」

「年末はぎりぎりまで働いているから、毎年買ったお節だけで済ませてるの。ごめんなさいね、ダメダメ主婦で」

「ダメなんて、そんなことないです。お忙しいんですもの」

「ありがとう。お雑煮《ぞうに》だけは作ったのよ。食べる？」

「はい、いただきます」

コタツに入りながら皆でお酌を交わし、お節料理をいただいた。

「七緒ちゃん、どうだい？　新居にはそろそろ慣れてきたかい？」

お義父さんが優しい声で私に尋ねた。お義父さんもお義母さんにつられて「七緒ちゃん」と呼んでくれる。職人さんらしい短髪のお義父さんは、顔も体つきも壮介さんに似ていた。

「はい、だいぶ」

「まだ一週間も経ってないんだから、慣れるも慣れないもないでしょ」

横から壮介さんが言った。

「七緒ちゃん、正月休み明けに、時間があるときでいいから店を見においで」

「ええ。ぜひ伺わせて下さい」

私の返事にお義父さんは嬉しそうに、うんうんと頷いた。みもと屋の営業中の様子を私はまだ知らないから、見てみたい。そう思った私の横で、壮介さんが大きなため息を吐《つ》いた。

「父さん、七緒さんに店を手伝わせる気はないからね。そこは最初に言ってある通りなんだから、忘れないでよ」

「そういうんじゃない。どういう所へ嫁いだのか、一度見てみるくらいはいいだろう」

不機嫌な声になったお義父さんと、お義父さんを睨む壮介さんの間に入ったお義母さんが、まぁまぁと笑顔で二人にお酒を注いだ。

柔らかく煮込まれたおいしいお雑煮を食べ、お腹もいっぱいになったところで、お義母さんと台所に入って片付けを始めた。洗い物を終え、茶の間に温かいお茶を持っていく。お義父《とう》さんはコタツで、いびきをかいて眠っていた。壮介さんも座椅子《ざいす》に寄り掛かりながら、うとうとしている。私の実家に行って疲れたんだろうな。コタツの上にのせてある彼の眼鏡を端に寄せ、湯呑《ゆのみ》を置くと、台所から戻って来た義母《はは》に声をかけられた。

「七緒ちゃん、ちょっといい？」

「はい」

義母のあとをついて、隣の部屋に入る。昔ながらの和室で、義母が電灯の紐《ひも》をかちかちと引っ張って、二重の蛍光灯を点《つ》けた。

「これ、見てみて」

義母が箪笥《たんす》の上段の引き出しから、二つの桐《きり》の箱を取り出した。彼女と一緒に畳の上へ腰を下ろす。義母が蓋《ふた》を開けると、そこにはきちんと収まった美しい簪《かんざし》が、もうひとつの箱にはお揃いの帯留めが入っていた。

「私がここへ嫁に来たときに義母からいただいたものなの」

温かみのある黄色の簪は、菊の繊細な透かし細工が施されている。帯留めも同じく菊の彫りだった。

「綺麗ですね。べっ甲ですか？」

「そうよ。これね、あなたにあげる」

「え？」

驚いて顔を上げると、義母がにっこりと私に笑いかけた。

「壮介のお嫁さんにもらって欲しいって、ずっと思っていたのよ。私もそうやって義母からいただいたの。それに七緒ちゃん、着物を着るからちょうどいいでしょう？」

「でも私、こんなに高価なもの受け取れません」

代々受け継がれたものをいただくなんて、本当の妻ではない私に、そんな資格はない。

「いいの、いいの。受け取ってくれなかったら私が困るのよ。気軽に着けてやってね」

「でも」

「さ、手を出して」

柔らかくて温かな手が、私の手のひらに箱をのせてくれた。責任のある重みを感じて、優しい微笑みから目を逸らしてしまう。

「大切に、します。ありがとうございます」

これだけ言うのが精一杯だった。

「私たちこそ、あなたにお礼を言いたいのよ」

「お礼？」

「壮介は、昔から何考えてるのか、よくわからなくてねぇ。大学を卒業しても家を継ぐ気はないって言うし、そのあとはずっと仕事仕事で……みもと屋に関わるようになってからも結婚する気なんて、さらさらなかったらしいの。三十も過ぎたのに、って、お父さんとずっと心配してたのよ」

私の手の上にある箱から簪《かんざし》を取り出した義母《はは》は、すぐ横で膝立ちになった。

「そんな壮介がね、堀越さんからいただいた七緒ちゃんの写真を見て、もしかしたら結婚するかもしれない、なんて急に言い出したから本当に驚いたの。まだお見合いする前なのよ？」

私の髪に触れた義母が、べっ甲の簪を挿してくれる。

「あなたの気持ちを何もわからないうちから、壮介はこのお話を決めていたようなの。よっぽどあなたのことが気に入ったのね。だから……ありがとう、七緒ちゃん」

彼が私を……？　あんな、どこにでもありそうな旅行先での写真を見て、私の何をそんなにも気に入ってくれたんだろう。

だけど、その思いを……私が壊してしまったんだよね。

「あの、そんな、お礼を言われるようなことなんて、私は何もしていません……。それに、お店のお手伝いもしないなんて本当にいいんでしょうか」

「いいのよ。壮介がさせたくないって言ってるんだし、あなたが壮介と一緒にいてやってくれるだけで、私たちはありがたいんだから」

「お義母《かあ》さん……」

義母を騙《だま》しているような罪悪感で、泣いてしまいそうだった。同時に、彼を大切にしたいという思いが、私の中に膨れ上がる。

「これからもよろしくね」

「こちらこそ、どうぞよろしくお願いします」

「ああもう、娘っていいわねぇ。本当に可愛い。簪とても似合うわよ。ほら」

箪笥《たんす》の上に置いてあった鏡で、私に見せてくれる。

「そうだ、七緒ちゃん！　私の着物でよかったらあげるわ。嫁に来た当時作ったんだけど、何年も着ていないから箪笥の肥やしもいいところなのよ。いらなかったら捨てていいからね」

立ち上がった義母は別の箪笥から、あれこれと着物を引っ張り出しては私の前に並べていった。紬《つむぎ》と絣《かすり》が数枚ずつ、色無地や小紋も出てきた。レトロで珍しい柄に思わず声を上げてしまう。

「これ、すごく可愛いです……！」

「アンサンブルになっているのよ。ウールだし、今の季節にちょうどいいんじゃない？　こっちのは春にいいと思うわ」

「本当に、いただいてもいいんですか？」

「いいのよ～。着てくれたほうが嬉しいし、着物だって喜ぶでしょ？　ほら、帯もいろいろあるのよ」

畳の上に広げながら、それぞれにまつわる思い出を語ってくれた。

壮介さんを育てた人が私に笑いかけている。私を、彼の妻として可愛がってくれようとしている。結婚は二人だけでするものじゃないんだと、実家でもここでも、今日はそれを身に染みて実感した。だからたとえ彼と気持ちが通じ合っていなくとも、彼に何と思われようとも、迷惑がられようとも、もう関係ない。私……決めた。

+ + +

壮介さんのお正月休みは今日までだ。彼のリクエストに応えて、夕飯はしめじ、舞茸、椎茸《しいたけ》を入れたきのこカレーにした。付け合わせに簡単なサラダ。カレーだから失敗もないし、あと片付けも楽で、お風呂までの時間に余裕ができたのが嬉しい。

ダイニングテーブルはいらなかったのでは、とつっこみたくなるくらいに、壮介さんは相変わらずコタツで食事を取りたがり、食後もノートパソコンやタブレットを持ち込んでは、そこで過ごしていた。私が商店街で買ってきた半纏《はんてん》を羽織って。

緑茶を淹《い》れた湯呑《ゆのみ》を、彼のパソコンの横に置いた。

「ありがと」

「私もコタツにいていい？」

「どうぞ」

今夜は冷え込む。私も壮介さん同様コタツの温もりが恋しかった。彼と色違いの半纏を着てコタツの中へ足を入れる。足先からじんわりと熱が伝わって、すぐに体全体がぽかぽかと温まった。二人ともテレビはほとんど見ないから、食後はいつもとても静かだ。

それまで声をかけてもパソコンから目を離さなかった彼が、急に私の手元を見て言った。

「その手帖《てちょう》、今年の？」

「あ、うん。そうです」

私は予定を書きこむために、お気に入りのボールペンと一緒に、手帖をコタツの上で広げていた。

「前も同じの持ってなかった？　鎌倉で」

鎌倉、の言葉に胸がずきんとした。一緒に食事をしたあのときも、拝観料と引き替えにもらう券を手帖に挟んでいた私を見て、彼が尋ねたのを覚えてる。

「カバーは同じで中身だけ替えたの。ここに名前を入れてもらってるから、カバーは長く使おうと思って」

空色のカバーに刻印された「nanao」の金文字を彼に見せた。

「ふうん。じゃあずっと同じカバー付けてるんだ？」

「ううん。七月に手帖《てちょう》を失くしたから、そのあとすぐにまた同じのを買ったの」

「見つからなかったってこと？」

「多分、鎌倉に行ったときだと思うんだけど」

「ああ、言ってたね。暑い日だったのに着物の人が結構いたとか」

高徳院にあるベンチに壮介さんと座って、そのことを話した。外国人の観光客に写真を撮られたんだっけ。

「鎌倉のどこで失くしたか全然覚えてなくて、結局探してないの。たいしたことは書いてないし、年が変われば中身は処分するからいいんだけど、カバーはお気に入りだったからちょっと残念で」

形も色も気に入ってて、結局また同じのを買ってしまった。

「もしも、見つかったら？」

「う～ん……嬉しいけど、もう新しいのを買っちゃったし、取ってはおくけど使わないと思う」

「色も同じで刻印も一緒なんだよね」

「うん、同じ」

何だろう？　やけに詳しく尋ねられている気がする。

「それって文嶋堂《ふみしまどう》のでしょ。僕も刻印してもらってる。黒いカバーでもっと大きいのだけど」

「壮介さん、手帖を使うの？」

アナログ派には見えなかったから、意外だった。

「タブレットも使うけど、手帖のほうが好きなんだ。ああそうだ、七緒さん」

「はい」

「急で悪いんだけど、着物のフォーマルっていうのかな。そういうの持ってる？　なければ洋服でもいいんだけど」

「去年、友人の結婚式に着た訪問着ならあります」

「うん、じゃあそれでいい。今月の終わりに仕事の集まりがあって、七緒さんも一緒に行って欲しいんだ」

「集まり？」

「通販のほうでね、年に二回和菓子店の懇親会があるんだよ。情報交換の場みたいなものかな。一応ホテルでのパーティーだから、そこに合った恰好でね」

「わかりました」

一体どんな集まりなんだろう。想像するだけで緊張してきた。

再びパソコンに向かった彼は、キーボードを打ち始めた。

「壮介さんて、不動産会社にいたの？」

「知りたいんだ？」

「お父さんたちと、話してたから」

詮索《せんさく》するわけじゃないけど、何となく気になっていた。

「主に戸建てと土地の売買してた。その前は証券会社。そっちは二年で辞めたけど」

パソコンから目を離した彼が、お茶をひと口啜《すす》った。

「大変そう」

「営業が好きだから、それほど苦じゃなかったよ。大きな金が動くから面白かったし。いいときと悪いときの落差が激しいけどね」

「どうしてやめたの？」

「親の顔見てたらね。年取ったなと思ってさ。僕は遅くにできた子どもだし、ましてや一人息子だしね。そろそろ潮時かなと思って。でも、どうせやるなら今までとは違う売り方をしようと、いろいろ試行錯誤してる。面白いけど難しいよ」

みもと屋はこの辺りでは結構な老舗《しにせ》の和菓子店と聞いた。でも今の時代、それだけではやっていけないと壮介さんが営業に乗り出した、と。ここまでは、堀越さんから聞いたお話だ。営業のひとつであるネット販売「みもと屋本舗」は好調で、何度か売上ランキングで一位を獲得しているのを、私もネットで見て知っている。

「壮介さんは和菓子を作るの？」

「作らないよ。この先も作る気はない」

伸びをした彼は後ろに手をついて、天井を仰いだ。

「前はね、たいして有名でもない和菓子屋なんて継ぐ気は全くなかったんだ。毎朝早起きして、豆煮込んで一日中働いて、土日は営業、休みは定休日の木曜だけ、しかも有休なしなんて。何が楽しいんだか、さっぱりわからなかった」

体勢を戻した彼が、眼鏡を外して話を続けた。

「今でも作る方に魅力は感じてないから、もしも親が動けなくなったら、今いる職人たちに代わりをお願いすることになってる。僕はあくまでも商品をどう売っていくかを考えることに徹したいんだ」

意外にも、たくさんのことを教えてくれる壮介さんから目が離せなくなっていた。空色の手帖《てちょう》を意味なくぱらぱらとめくって、そんな自分をごまかそうとする。

「まぁ、こういう形でみもと屋を支えていけるなら、それもいいだろうと思ってさ。七緒さんが来てくれたことでうちの両親も納得してくれそうだしね」

みもと屋の経営を全面的に任せてもらうために、お見合いをしたと言っていた。私なんかで、そんな役目が果たせたのだろうか。

「七緒さんは事務だっけ？　ずっと同じところ？」

「そう。大学卒業してから七年間、同じ会社」

「真面目だね」

「真面目過ぎて……そこが駄目だったみたい」

彼の言葉に苦笑した。お堅い、可愛げのない女だから、今まで彼氏もできなかった、なんて思い出して悲しくなる。

ふと、我に返った。壮介さんはどうして、そんな女に自分が振られたなんて思ったんだろう。

彼の目に、私はどんなふうに映っていたの？　着物を着ていたからだけじゃない。あの夜ずっと……眠りにつくまで彼は優しかった。私の何を見て好きだと思ってくれたんだろう。お見合い用に渡したごく普通の写真の、何を一体……

「真面目が一番でしょ」

彼の声にどきりとして顔を上げた。

「こつこつ真面目に長く働いてくれるのが経営側としては一番の人材だと思うけどね」

眼鏡を掛けてパソコンに向かった壮介さんは再びキーボードを叩き始めた。フォロー、してくれたのかな。細やかな優しさが胸に沁《し》みて、私の中の決意がますます固まった。

アラームの前に目が覚めるようになった。起き上がって静かに布団を畳み、用意しておいた服を持って部屋を出る。

「さむ……」

二階へ下り、冷え込んでいるリビングの床暖房をつけた。キッチン脇の小さな窓の外は、まだ真っ暗だ。和室で服に着替えていると、炊飯器からご飯の炊きあがった音が鳴った。

じゃこと叩いた梅と白ごまの混ぜご飯。ごぼうと鶏肉とこんにゃくの煮物。甘い玉子焼き。いんげんのベーコン巻。彩《いろど》りが綺麗でおいしそうに見えるし、味も悪くはなかった。これなら多分大丈夫。

コタツのスイッチを入れ、リビングのカーテンを開けた。外はだいぶ明るくなっていた。

「おはよう」

「おは、おはよう」

壮介さんが起きてきた。七時十五分前。私に起こしてと言う割には必ず自分で早めに起きて来るんだよね。足音も静かだからいつも驚いてしまう。黒縁眼鏡を右手に持ち、左手で瞼《まぶた》を擦《こす》りながら彼が言った。

「昨夜のカレー食べたい。残ってる？」

「うん。今温めるから待ってて」

「……眠い、寒い」

相当眠いらしく、ふらふらと覚束《おぼつか》ない足取りで和室へ向かった彼は、またもやコタツに深くもぐってしまった。とりあえずは私が何をしていたか気付いていないみたいだ。よかった。

朝ご飯を食べ、支度を終えた壮介さんが玄関へ向かった。慌ててあとを追いかけ、下駄箱から革靴を取り出した彼に声をかける。

「壮介さん、あの」

「ん？」

こういうのって、とてもタイミングが難しいと思う。後ろ手に持っている朝から用意したものを、なかなか前に出すことができない。断られるかもしれないし、恩着せがましいかもしれない。奥さん面《づら》するな、って思われるかもしれない。でも、決めたんだから。勇気を出すのよ、七緒！

「何？」

革靴を履いた彼が靴ベラを片付けた。

「これ。お弁当」

差し出したランチバッグを見て、彼が目を丸くした。

「ゆ、昨夜《ゆうべ》おかず作り過ぎちゃったから、よかったら食べて」

怪訝《けげん》な顔をした壮介さんが私を見る。

「昨夜はカレーじゃなかったっけ？　さっきも食べたけどさ」

「あ！　そう……でした」

あー馬鹿だ私！　変に取り繕《つくろ》おうとするから、わけわかんないこと言っちゃってるじゃないの。

「中身カレーなの？」

「ううん！　普通のおかず。……いらなければ、処分してください」

「いや、食べるよ。ありがとう」

私の手から、彼がランチバッグを受け取る。何となく目を合わせづらい。

「いってらっしゃい」

「いってきます」

数瞬後、扉を閉めたはずの壮介さんが再びドアを開けて、こちらへ顔を出した。

「あの、忘れ物？」

「ううん」

「？」

「なんかこういうの……普通の夫婦っぽくていいね」

にっと笑った彼は、すぐにまた外へ出て扉を閉めた。

そう、私は彼に愛されなくとも、彼への恋心から一旦離れようとも、彼を大切にしようと心に決めたのだ。壮介さんのご両親が彼を大事にしてきたように、これから彼と一緒に生きていく私が、今度は彼を大切にしていく。たかがお弁当だけれど、今の私にできることから少しずつ……伝えられたらいい。

＋　＋　＋

冷え込みの強い一月中旬の日曜日。寒椿《かんつばき》の咲く垣根を曲がって三軒目の堀越さんのお宅に、壮介さんとお見合いのお礼に伺った。

「よかったわね、壮介さん。七緒さんを射止めることができて。お母様も安心なさったでしょう？　あれでもずいぶん心配なさっていたんだから」

「そうなんですか？」

そうよ、とお茶を飲んだ堀越さんは、壮介さんから私に視線を移した。

「七緒さん、眼鏡じゃないのもいいわね」

「えっ」

「お見合いのときも素敵だったけど、結婚してから、もっと綺麗になったんじゃない？　とても雰囲気が変わった気がするわ」

「あ、ありがとうございます」

お見合いの日は母に叱られたくらいに、すっぴんに近くて眼鏡もしていたから、今とは全然違ったはずよね。今日はコンタクトで、メイクもあのときよりは力を入れてる。

ふと、鎌倉で着物姿の私を誘ってくれた壮介さんのことを思い出した。もしかしたら壮介さん、今の私みたいに眼鏡を外してメイクをしっかりしたほうが好きなのかもしれない。

楽しいひとときを過ごして、堀越さんと別れの挨拶《あいさつ》を交わした。

「これからも気軽に遊びにいらっしゃいね。そのうち、三人になるかもしれないでしょうから、楽しみにしていますよ」

「そうですね。そのときはぜひ、よろしくお願いします」

さらりと答えた壮介さんの言葉に、心が痛む。三人って、私たちの子どものことだよね。

外は雪がちらつきそうなくらいに寒かった。路地を元気に駆けていく子どもたちとすれ違う。

「壮介さん。今週の土曜日、友達を家に呼んでもいい？」

「どうぞ。職場の人？」

「ううん、大学時代からの友人。遊びに行きたいって言われてて」

「いいんじゃない。七緒さんも、そろそろ落ち着いた頃だろうし」

壮介さんと暮らし始めてから、半月と少しが過ぎた。初めは慣れなかった家事を、何とかこなせるようになった。彼は真面目に働き、私とぶつかることもない。この先もこんなふうに波風立てずに過ごしていくのが、私たちにとって最善の幸せなのかもしれない。と、私はそんな楽観的なことを思い始めていた。

堀越さん宅へ伺った日から眼鏡はやめてコンタクトにし、しっかりめのメイクを続けていた。昨日は美容院で前髪を作ってもらって、自分で言うのもなんだけど、だいぶ若返った気がする。これって彼を大切にすることとは少し違うかもしれない。でも周りから見て奥さんが小綺麗にしているほうが彼が恥をかかないで済むだろうし、その姿を気に入ってくれるのなら、それはそれで嬉しいし、悪いことじゃないはずだよね。

壮介さんは今夜は飲み会で遅くなると言っていたから、私は一人で簡単な夕食を済ませた。コタツに入って食後のコーヒーを飲みながら、自分のノートパソコンをひらく。

結婚するまで、私は家事には全く興味がなかった。でも今は、お掃除の仕方や余りもので作るレシピ、効率的なアイロンの掛け方などの昔ながらの知恵といったものをネットで検索するのが習慣になっていた。壮介さんが頑張って働いてくれているのだから、私は家事を頑張らないと。

「わ～可愛い」

合間に着物のサイトを眺めては幸せな気分に浸る。色とりどりの帯締めを見ていたとき、突然がちゃりと玄関のドアがひらいた音がした。

「壮介さん？」

時計の針はまだ七時前。音楽を聴いていて、車の音に気付かなかった。急いでコタツから出て玄関へ行く。靴を脱いだ彼が私を見た。

「お帰りなさい」

「ただいま」

「飲み会は？」

「中止。これお土産《みやげ》」

手渡されたのは、ケーキの箱だ。彼はリビングで、ソファに鞄《かばん》と大きな紙袋を置いた。

「あの、夕飯は？」

「コンビニで買って来たからいい。今渡したのチーズケーキね。うちの店がお世話になってるカフェのおススメだから」

「チーズケーキ大好きなの……！」

嬉しくて思わず声が弾んだ。

「あとで食べなよ。明日でもいいし」

「ありがとう」

普通の会話のようだけど、いつもと空気が違う気がする。

彼はジャケットを脱いでソファの上にある鞄《かばん》の上に投げ、その場でネクタイを緩めた。それからコンビニの袋を手にし、ダイニングテーブルの椅子《いす》に座って缶ビールとサラダ、おにぎりを取り出した。着替えもしないで、それもコタツじゃなくダイニングテーブルに着くなんて、初めて見た。何となくだけど……機嫌が悪そう。

リモコンを使って彼がテレビをつける。それも滅多に見られない光景だから驚いてしまう。仕事で何かあったんだろうか。

「七緒さんの友達が来るのって明日だよね。三人でいいんだっけ？」

「うん、そう」

「ソファに置いた紙袋の中に和菓子の新作が入ってるから、お土産《みやげ》にひと箱ずつ持って帰ってもらって」

「いいの？」

「食べたら感想欲しいって伝えてくれると助かる」

「うん、わかりました。皆きっと喜んでくれると思います。ありがとう」

「……」

返事がない。もしかして私、ここにいないほうがいい、のかな。何となく手持無沙汰になって、彼のそばに行って訊《き》いてみる。

「お漬物あるけど、食べる？」

「それさ、これからずっとそうなの？」

「え？」

それ、が何を指しているのかわからなかった。壮介さんはテレビに顔を向けたまま、お箸《はし》を動かし続けている。

「コンタクト。眼鏡はもうしないんだ？」

「こっちのほうがいいかなって。家事のときも意外と楽だし……」

「眼鏡だけじゃなくて、最近急に雰囲気変わったよね、七緒さん。どういう心境の変化か知らないけど」

彼はお箸を置き、ビールをひと口飲んだ。

「おかしかったらやめる、けど」

「別に僕に言われたからって、やめることないじゃない。僕の気持ちなんて気にしなくていいでしょ。気にするなら、好きな男に言われたときだけにすれば」

「え……」

素っ気なく言い放ち、彼が立ち上がった。目の前に来た壮介さんは私の腕を掴んで引き寄せ、強く抱きしめた。

「壮介さん、あの」

混乱する頭で、どうにか声を出す。痛いくらいに心臓が大きく鳴っていた。どういうこと？　どうして、こんな……

「君を縛る権利は僕にはないけど、一応人妻なんだし、まだ新婚期間なんだから、その辺はわきまえて周りから悟られないようにして欲しいな。僕にも……バレないようにね？」

それは、お見合いのときと同じ……彼が私と結婚しようと言ったときと同じ声色だった。

私を疑ったってこと？

「……そんなこと、しません」

声が震える。抱きしめられる腕の強さが増した。

「可能性がないわけじゃないでしょ。僕たちの間に、そういう束縛はないんだから」

「しません……！」

じゃあ壮介さんはするの？　喉《のど》まで出かかった言葉を呑み込んだ。

「――さっき渡したケーキの店、商店街の知り合いのカフェなんだ。そこの店長と店員が、もうすぐ結婚するんだって」

「……」

「仲がよくて、あてられた。それでなんか……羨《うらや》ましくなって。ごめん、変なこと勘繰って」

「羨ましい……って？」

「怒った？」

「怒ってません」

「怒ってるでしょ。言いなよ」

彼の手の力が緩む。耳元で囁《ささや》かれた声に抗うように固く瞼《まぶた》を閉じて、腕の中から逃れた。

「も、もう寝ます。おやすみなさい……！」

壮介さんの顔は見ずに階段を駆け上がった。和室に飛び込み、布団を敷いて、頭から毛布を被った。背中を丸めて小さくなる。

疑われたのに、ひどいことを言われたのに、情けないことにドキドキが止まらない。

だけど同時にすごく……悲しかった。

他人だったら顔を合わせずに済むけれど、同じ家に住んでいるということは、避けて過ごせることはないわけで。

「いってらっしゃい」

「いってきます」

翌日、私からお弁当を受け取った壮介さんは、いつも通りの時間に家を出た。朝から挨拶《あいさつ》以外はひと言も話していない。昨夜彼は私の部屋を訪れることなく、二階の空いている洋室で寝たようだった。

バスから降りた友人たちが、バス停近くで待っていた私のもとへ駆けてきた。

「七緒！ 久しぶり～！」

「七緒元気だった？」

「元気だよ～！ ありがとう遠いのに」

美月《みつき》は二歳の子どもがいる専業主婦。千里《ちさと》は去年結婚したばかりで職場は変わらず働いている。若菜《わかな》は小学一年生の子どもがいて、最近パートに出始めたらしい。今日は土曜だから皆仕事はお休みで、子どもたちは旦那様に預けてきてくれた。

「どうぞ」

「お邪魔しまーす」

「うわ、広～い！ 綺麗にしてるねえ」

家の中に入った途端、皆が声を上げた。三人はリビングを隅々《すみずみ》までチェックしている。

こういうところは学生時代から全然変わってないよね。

「ねえねえ、もしかして床暖房入ってる？ え、全面？」

「うん、そう。寒くない？」

「寒いわけないじゃん～！　いいなぁ。早くうちも狭い賃貸から抜け出したいよ～」

美月の叫びに千里が横で頷いた。

「やっぱり戸建はいいよねぇ。この辺じゃ土地が高くて手が出ないけどさ。若菜はマンション買ったんだっけ？」

「うん。でも子どもがいるから周りに気を遣うし、こうやって見ると戸建がいいな～って思っちゃう。よかったね七緒。ご主人に感謝しないとね」

三人は結婚のお祝いに、和食器のセットをプレゼントしてくれた。なかなか手に入りにくいという人気作家のもので、丁寧な作りがとても美しかった。

今日はお互い楽をしようということで、おいしいと評判のお店で、お弁当を買ってきてくれていた。ダイニングテーブルに着いて、皆でいただきますをする。

「七緒がねえ、いきなり結婚なんて言うから本当に驚いたよ。お見合いなんでしょ？」

美月がご飯を頬張りながら、私のほうを向いた。

「うん」

「いい人なの？」

「うん」

「ちょっと七緒、大丈夫なんでしょうね？　何よその気のない返事は」

「大丈夫、大丈夫。いい人だよ」

手の込んだ煮物のだしが、口の中でじんわりと広がった。

「電撃結婚したはいいけど、生活してみて違いました、はい離婚、なんてことにならないでよ？」

眉をひそめて心配してくれる美月に、もう一度大丈夫と答えた。昔から鋭いところがあるんだよね、美月は。

「結婚式はしないの？」

若菜が私に問いかける。

「彼、今すごく仕事が忙しいみたい。落ち着いたらって言ってる」

「そうなんだ。そしたらそのときはちゃんとお祝いさせてよ？　ああ、いいなぁ～これから楽しいことばっかりじゃん」

「だよね～」

相槌を打った美月は、数回目のあくびをした。元気だけど、何だか眠たそうだ。

「どうしたの美月。さっきからあくびすごくない？」

「あ、ごめん。旦那がさ～、二人目欲しいって、しつこくて。昨夜もあんまり寝てないっていうか」

「やだちょっと、仲いいのね～」

「まぁ鈴音《すずね》が、やっと二歳になったしね。そろそろ次を作ってもいいかなって。忙しかったから旦那の相手もなかなかできなかったし、ずっと我慢させるのも可哀想だからさ」

わかるわかる、と若菜が頷いた。

「千里はどうなのよ？　そろそろじゃないの？　子ども」

「う～ん、どうだろ。一応いつできてもいいように、とは思ってるんだけどね。こればっかりは授かりものだから」

千里は私が淹《い》れたお茶をおいしいと言って飲んでくれた。

「七緒、新婚だと大変でしょ？　無理しちゃダメだよ？」

美月が私を見て笑った。

「大変って？」

「だからさ、いくら夫婦だからって、無理して毎晩旦那さんの要求に応えなくてもいいんだってこと。その気がない日は断ったほうがいいよ？　あとで疲れるからね～。朝起きるのもキツいし」

「あ……うん、それは全然、大丈夫」

堀越さんのところで子どものことについて壮介さんが答えたときと同じ、何ともいえない悲しい気持ちに包まれた。そんな心配は一生ないからなんて、口が裂けても言えないよ。

「全然大丈夫って……七緒体力あるのね、意外だわ〜！」

美月は自分の両頬を両手で押さえて大きな声を出した。全く違う意味に捉えた友人に、慌てて反論する。

「そ、そういうんじゃないってば」

「照れなくてもいいって。うん、安心した」

「だね〜。仲がいいのが一番だよ、七緒」

「よかったよかった」

自分の家なのにいたたまれない。お茶を淹《い》れ直すからと、私はキッチンへ向かった。

仕事から帰った壮介さんを玄関で迎える。昨日からのわだかまりは一旦横に置き、笑顔で話しかけた。

「壮介さん、お菓子ありがとう。皆とても喜んでました」

「楽しかった？」

「うん。お菓子の感想はあとで教えてくれるって」

「ああ、悪いね。よろしく言っておいて。これ、今日のお土産《みやげ》」

リビングへ入ったところで彼に紙袋を渡された。中を覗くと、透明の袋が見えた。

「落花生《らっかせい》？」

「そう。今度うちの店で取り扱うかもしれないから、千葉の工場に行って来たんだ。生落花生は旬じゃないから、これは普通のね。これをつまみにビールが飲みたい」

言いながら、今日はいつものように二階へ上がって行った。

夕飯は簡単な鍋料理にした。軟骨入りの鶏団子、水菜、えのき、葱《ねぎ》にお豆腐。あっさりとしただしでぐつぐつさせ、細く切ったしょうがと叩いた梅干をのせた。ひじきの煮物と柚子《ゆず》大根のお漬物も、食卓に添える。

部屋着と半纏《はんてん》を着込んだ壮介さんが二階から下りてきて、コタツの上に用意されたお鍋に喜んでくれた。普段と変わらない彼の様子にホッとする。私もコンタクトを外して眼鏡にしていた。これでお互い何となく、元に戻れたような気がする。

私はお土産の落花生の袋を開けて、殻付きの落花生を手にした。からからと中で豆が泳いでいる。

「私、この殻を剥《む》くのが好きなの。ずーっと剥いちゃう」

「指痛くならない？」

「平気。綺麗に割るのが楽しくてやめられなくなるの」

彼にコツを教えながら殻を割っていく。ビールを飲んで一緒にお鍋をつついていると、胸にちくちく刺さっていた昨日のことは、だいぶ和《やわ》らいだように思えた。うん、もう本当に大丈夫。

「壮介さん、そこで寝たら風邪引くよ」

「んー……」

落花生《らっかせい》の袋はそのままにし、鍋や食器を片付けてコタツへ戻ると、壮介さんは横になって、うとうとしていた。コタツ布団からはみ出た肩へ脱いであった半纏《はんてん》を掛けてあげる。

彼の斜め前の席でころんと横になり、コタツに入った。静かに彼に近付いてみる。

壮介さんの寝顔をまじまじと見た。一緒の部屋で寝ているとはいえ、私が先にお布団に入っているから彼の寝顔はほとんど見ないし、朝は彼を起こしてしまわないようにと灯りも点《つ》けずに部屋を出てしまうから、そこでも寝顔は見ない。

ホテルで一夜を過ごした翌朝、壮介さんの寝顔を見て涙ぐんだことを思い出した。もう会えないと思っていた人と今は夫婦になっているなんて、あのときの私が知ったら卒倒するだろうな。

壮介さんの眉毛、睫《まつげ》、鼻の形……こんなふうだったっけ？　この唇にキスされて……感じさせられただなんて、何だか今ではもう信じられない。毎日一緒なのに、こんなに近くにいるのに、なんて遠いんだろう。

ふと、高校のときに少しの期間、付き合った彼のことを思い出した。

学校から一緒に帰ったくらいだったけれど楽しかった。でも付き合ったきっかけが思い出せない。部活は違うし、委員会も違う。実行委員かな？　文化祭か何かだったような……

ああ、だんだん思い出してきた——

制服の上にジャージを着てる。陸上部の黒ジャージだ。胸に岸谷《きしたに》と刺繍《ししゅう》がしてある。

文化祭の準備中、岸谷くんはいつも張り切ってジャージを羽織っていた。

「安永、早く終わらせようぜ」

「ちょっと待って。あとここだけだから」

「神経質だな～。そんなとこまで塗らなくてもいいんだって。ばーっと塗りゃいいんだよ、ばーっとさ。貸してみ」

「あ、ちょっと、ダメだよ」

私からペンキの刷毛《はけ》を奪った岸谷くんは、隣で笑いながらベニヤ板に色を塗った。それまでも何度か話したことがあって楽しい人だなと思ってた。

何となく一緒に帰って、流れから付き合うことになったけれど、文化祭が終わると同時に距離ができてしまった。その数週間後、彼はいつの間にか別クラスの明るくて可愛い女の子と仲よくなっていた。

「安永ってさ、何考えてるのかよくわからないんだよね。あんまり俺のこと好きじゃないよな？」

「そんなこと」

「もっとストレートに伝えてくれる子のほうがいいな、って思ってさ。悪いけど、ごめん」

じゃあ、どうすればよかったの？

もっと素直になれってこと？　もっと可愛く返事ができていれば一緒にいてくれたの？

教えてよ、岸谷くん。ねえ、ちょっと待って。相変わらず歩くの速いなぁ。それに比べて私は……なんでこんなに遅いんだろう。速く歩きたいのに足がもつれて全然前に進めない。ちょっと待って岸谷くん、待ってってば……！

「きしたにって誰？」

「え」

瞼《まぶた》を上げると、目の前に毎日一緒に過ごしている人――壮介さんが、私の顔を覗き込んでいた。

今のは夢……？　コタツが温かくて、いつの間にか眠ってたんだ。

「高校のときの、同級生」

「彼氏？」

さらに近付いた壮介さんが、あろうことか私に覆い被さってきた。コタツから出ていた私の腕を掴み、畳に押し付ける形で。どきんどきんと大きく心臓が鳴る。

「あ、あの」

「答えてよ。彼氏？」

息がかかりそうなくらいに顔が近い。もしかして、酔ってるの？

「一応……彼氏です」

「ふーん。男の影なんて微塵《みじん》もありません、って感じだったのに、わからないもんだね」

「何年も昔のことだから」

「何年も前なのに、夢に見たりするくらい忘れられないんだ？」

「え……あっ」

壮介さんは言い終わる前に、仰向けになっている私の首元に顔を埋《うず》めた。頬に彼の髪が当たり、その香りに眩暈《めまい》がする。

「壮介、さん、ちょっと、あの」

「僕のことは」

呟いた彼の唇と吐息が私の首筋に触れた。

「んっ、や……」

ぞくぞくと感じてしまう。ダメ、こんなの……！

「僕のことは夢に見ないの？」

顔を上げた壮介さんが問いかけた。切なげな声に胸が痛くなる。

「壮介さんの、夢？」

「そう、僕の」

黙って至近距離で見つめ合った。私の眼鏡はコタツの上に置いてある。彼も眼鏡を外して寝ていた。お互い何も着けていない顔……

「！」

ほんのわずか。私の唇に彼のそれが重なった。

「明日、明後日と京都に出張なんだ」

「え……そう、なの……？」

全然関係のないことを言われて、思わず答えてしまう。

「寂しい？」

キスしたことなんて忘れてしまったかのように、壮介さんがにっと笑った。咄嗟《とっさ》に視線を逸らして口を引き結ぶ。からかわれている気がする。私の反応を見て楽しんでいるとしか思えない。この前から私ばかりドキドキさせられて……ずるいよ。

「素直に言って欲しいな。嫌なら嫌だとか、怒ってるとか、僕に腹が立つとか。そうじゃないと、これから何年も一緒にやっていけないよ？」

「……」

何も言えない私の頭にぽんと触れてから、壮介さんは体を起こして和室を出て行った。

岸谷くんの言葉を思い出す。あれからちっとも私は変わっていない。夢の中でそう言われた気がした。

狼狽《うろた》えたりしないで、本当は寂しいって素直に言えばよかったの？　昨日は疑われて悲しかったなんて、訴えればいいの？　キスした意味を知りたいって……。それを伝えれば、私たちの関係は何か変わるのだろうか……

「……眠れない」

壮介さんは朝六時に家を出て、京都へ出張に向かった。彼は自分で支度をし、朝ご飯もいらないと言っていたけれど、一応私も一緒に起きて彼を見送った。そのあと二度寝しようと思ったのに、習慣とは恐ろしいもので、結局目が冴えて何分も天井を見つめたままでいる。スマホの時計は七時前を表示していた。

「いいやもう。起きよ、っと」

布団から出て障子《しょうじ》を開ける。外は綺麗な冬晴れの空が広がっていた。

洗濯機を回している間に、パンとコーヒーを口にした。いつもこの時間は忙しいから、何だかボーっとしてしまう。明日の夜まで帰ってこないって言うし、今日は何もしないで過ごしちゃおうかな。なんて思ったのは一瞬で、食後はいつも通りに家事を進めた。彼は仕事をしていて遊びに行っているわけじゃないんだから、私も頑張らないと。

掃除機を持って彼の部屋に入った。大きな机の上に、デスクトップのパソコンが一台置かれている。ノートパソコンは持って行ったみたいだ。作りつけの大きな本棚に並ぶのは、ビジネス書や和菓子や洋菓子に関するものばかり。と思っていたら、偶然それ以外の本を発見してしまった。

「着物男子。着付けのすべて……」

趣味で着てるって言ってたけど、こういうのをちゃんと読んでたんだ。もしかしたら幼馴染《おさななじ》みだという呉服屋さんの女性から教えてもらったのかもしれない。何となく……胸がもやもやした。

掃除を終わらせ、洗濯物を干し、早めのお昼ご飯を準備する。冷凍うどんを茹《ゆ》で、だし醤油とおかか、刻んだねぎと黒ゴマを振りかけた。もちもちのうどんを啜《すす》って時計を見上げれば、もうすぐ十二時だ。今日は時間の制限はないんだし……電車に乗ってどこかへでかけてみようか。

結局、カフェに行ってコーヒーを飲んだだけで家に帰って来てしまった。まぁ、いい気分転換にはなったから良しとしよう。夕方早々にお風呂を済ませ、買ってきたお惣菜で夕飯を簡単に済ませた。

「DVDみよーっと」

ソファに座って缶ビール片手に、借りてきた海外ドラマを観る。新作が気になっていたサスペンスものだから、すごく楽しみにしていたんだ。

でも……何だろう。つまらなく感じる。実家にいるときは夜遅くまで夢中で観ていたのに。とりあえず二話分だけ観て、DVDを停止させた。

風で雨戸がかたかたと揺れた。みし、という木造住宅に起きる独特の音が今夜はやけに響いて聞こえて、必要以上に怯えてしまった。そわそわして落ち着かず、戸締りを確認して早々に二階の和室に上がった。布団を敷いて寝転がる。スマホでいろいろ検索しながら暇つぶしをしたけれど、一人が不安で眠れない。実家に帰ればよかったかな。

立ち上がり、押入れに入っている蓋《ふた》付きの竹かごを取り出した。布団の上で蓋を開ける。お義母《かあ》さんにいただいた、べっ甲の簪《かんざし》と帯留めの桐箱《きりばこ》と、壮介さんからもらった、アンティークのネックレスが入った透明の小箱を入れていた。ネックレスを取り出して手のひらにのせ、ローズ型のペンダントトップを眺めた。

後ろから半纏《はんてん》ごと抱きしめたり、コタツでキスしたり……壮介さんのことがわからない。あなたにとって私は書類上の妻なんでしょう？　だから迫ったりはしないと自分から言ったはずなのに。壮介さんにとってキスくらい大したことではないのかもしれないけど、私にとっては、すごく重要だよ。

この先もああいうことが起きたら拒否できる自信がない。彼のことを嫌いになったわけではない私には、それはとても難しいことだもの。

ネックレスをそっと握った。

長谷にある鎌倉文学館の庭園にはバラが咲く。だからこのネックレスに「古都に咲く花」の名前を付けたのかもしれない。留め具を外したネックレスを首につけ、電気を落として布団へもぐりこんだ。ペンダントトップを触ると不安が嘘のように消えて安心し、私はいつの間にか眠りについていた。

「あーよく寝た～。すっきり」

九時過ぎまで眠るなんて久しぶりだ。失くさないよう、起きてすぐにネックレスを外し、もとの箱に入れて竹かごにしまった。

ブランチを取り、お掃除と夕飯の下ごしらえをして、彼を迎える準備を終えた。時計は午後三時を指している。明日の朝ご飯の食材が足りない気がして、自転車で商店街へ行くことにした。

駅前の自転車置き場へ自転車を停めて、活気のある夕方の商店街を歩く。八百屋さんでおいしそうな下仁田ネギと小松菜を買い、お豆腐屋さんで厚揚げを買った。

駅前に戻って、そろそろ家に帰ろうとしたときだった。向こうから私の知っている人が歩いてくる。胸がずきんと痛み、足が止まった。

「あ……」

まるで周りが色褪《いろあ》せてしまったかのように彼のことしか目に入らない。すぐそばまで来た壮介さんが、私を見下ろした。

「ただいま。偶然だね」

「お帰り、なさい。お疲れ様でした」

うん、と頷いた彼が私の隣に並ぶ。

彼が帰って来ただけなのに、ただいまって言っただけなのに、こんなにも嬉しいなんて。

「いつもこうやって買い物してるんだ？　もう帰るの？」

「うん。でも自転車なの。壮介さんはバスで帰るよね」

「いや、たまには歩こうかな。七緒さんは自転車で先に帰っていいよ」

「ううん。私も一緒に帰ります」

夕暮れの小路《こみち》を、二人で並んで歩いた。荷物をのせた自転車を彼が引いてくれる。私は代わりに彼のキャスター付きのバッグをコロコロさせながら引っ張った。特に何も話さずにいたけれど、なぜだかとても安心している自分に気付く。ネックレスに触れていた昨夜のように。

垣根を曲がってもうすぐ家に着くという頃、彼が私に尋ねた。

「今日の夕飯は何？」

「金目鯛《きんめだい》の煮付けと切り干し大根、揚げ出し豆腐。桜海老《さくらえび》とほうれん草のお味噌汁、です」

「そうか。早く食べたいな」

「向こうでおいしいの、たくさん食べて来たんじゃないの？」

「食べたけど……七緒さんの味に慣れて来たのかもね」

クスッと笑った壮介さんの表情は、初めて逢った日と同じような、はにかんだ笑みだった。

家に帰りつき、お風呂にお湯を張って、いつでも彼が入れる準備をした。

ダイニングテーブルの上にお土産《みやげ》の袋をのせた壮介さんは、スーツを着たままで、椅《い》子《す》に座った。お茶を淹《い》れて彼の前に出す。

「これ、七緒さんにお土産ね。開けてみなよ」

「これって、どれ？」

テーブルの上に並んだ紙袋は、大きなのと中くらい、小さいの……合わせて五つもある。

「全部だよ」

「全部!?」

「いいから開けて」

彼の正面に座って、手前にあった中くらいの袋に手を入れた。取り出したいくつかの包みを順番に開ける。出てきたのは、椿の模様が入った携帯用の本つげの櫛《くし》とクラシカルなローズの香水と可愛い小瓶に入った椿油だ。

「このお店知ってます！　これも、これも、前から欲しいなって思ってたの……！」

嬉しくて興奮してしまう。

「そう。じゃあこっちも開けて」

別のお店の袋を渡され、中身を見て声を上げた。

「綺麗……！」

それは、つまみ細工の髪飾り。こうして、着物姿に合いそうなものが次々と出てきた。くす玉を半分にした形のものは裏にクリップが付いていて、髪に留めやすくなっている。薄桃色のグラデーションと、黄色から黄緑色のグラデーションの二種類あった。白と薄紫の下がり藤の簪《かんざし》は、初夏に使えそうだ。三輪の桜がまとまったぶら下がりタイプの髪飾りは、桜色と濃いピンクのものがある。どれも絹でできていて、ぽってりとした形が愛らしい。

「そのピンクの、帯に飾ることもできるんだって」

「すごく素敵。でも、こんなにたくさん」

「七緒さん、どれが好きかわからなくて、いろいろ買ってきた」

「全部好き、です」

「それはよかった。じゃあこれとこれもどうぞ」

シックな雰囲気の袋には、聞いたことのあるお香のお店の名前が印刷されている。縮《ちり》緬《めん》でできた蝶《ちょう》の形のお香ストラップは、若草色に薄いピンク色の紐《ひも》の組み合わせが可愛い。香玉《かおりだま》は青緑色と、朱色、葡萄《ぶどう》色の三種類が入っていた。

もう一つの小さな袋には、宝石箱のようなものが入っていた。そっと箱を開けてみる。

「あ……！　これは、帯留め？」

「そう。いくつあってもいいかなと思ってね」

「色も形もとっても可愛い。……もしかしてこれって象牙《ぞうげ》？」

「ああ。ひとつひとつ手彫りなんだって。七緒さんバラの形が好きでしょ？　だからそれにした。似合いそうだしね」

象牙製なんて、とても高価なはず。手作りならなおさらだよね。

「本当にいいの？　高価なものなんじゃ……」

「いいから買って来たんだって。受け取ってよ」

「ありがとう。大切にします」

「まだあるんだよ、七緒さん。これも全部そうだから開けてみて」

蓋《ふた》が黒、底が赤の箱の中身は、綺麗に並んだ和雑貨を象《かたど》ったお菓子、ボンボンだ。

「可愛い～！」

食べてしまうのがもったいない！

他には俵《たわら》の形をした和三盆や、小さな達磨《だるま》型の素朴なお菓子に、生麩《なまふ》まであった。

「こんなにたくさん……お店の人たちの分とか、お義母《かあ》さんたちにはあるの？」

「ああ。向こうから直接、宅配便で送っておいたから平気だよ」

彼は頬杖を突いて、私がお土産《みやげ》を開けているのを見ていた。

「ぎりぎりまで結構いろんなところに行ったな。アポ取ったのは二件だけで、あとはとにかくいろんな店を見て回った。老舗《しにせ》だけじゃなくて新しい人気店にも行って、店構えから品揃えから……勉強になることがたくさんあったよ」

「疲れたでしょう？」

「まあね。仕事だから仕方ないけど」

「そんなに忙しかったのに、お土産《みやげ》まで買ってきてくれてありがとう、壮介さん」

「この前は言い過ぎたと思ってるから、お詫びです」

「え……」

「眼鏡のこととか変に勘繰ってごめん。ああいうことはもう言わない。七緒さんの好きにして。悪かったよ」

うつむいた壮介さんは首の後ろに手をやり、ばつが悪そうな仕草をした。

「もう、怒ってません」

「やっぱり怒ってたんだ？」

「怒っだと言うより、疑われて悲しかったの。とても」

彼のために綺麗でいたかっただけなのに、それが裏目に出たこと。もしや彼は他の誰かと、なんて思ってしまったことも。

「驚いた……。そんなこと七緒さんが口にするなんて、僕がいない間に何かあったの？」

私を見た彼は立ち上がり、スーツのジャケットを脱いで手にした。

「これからは、なるべく言うことにしたんです。壮介さんが素直にって言ったから」

「なるほどね。じゃあ僕も言わせてもらうけど」

ネクタイを緩めた彼が私を見つめる。

「やっぱり家が一番だね」

その意外な言葉に、心がじんわりと温まっていく。虚《むな》しさとか、寂しさとか、悲しい思いとか、そういうものが嘘みたいに、すっと溶けて消えてしまった。

「私も壮介さんが帰って来てくれて何だか、ホッとしました」

「やっぱり寂しかったんじゃない」

にっと笑った彼へ、小さく頷いて応えた。

家が一番という彼の言葉が素直に嬉しかった。そこに私がいても、いいんだよね？

「先に風呂入ってくる」

「うん。あ、洗濯物は？」

「ああ、玄関に置いた鞄《かばん》の中。頼んでいい？」

「はい」

彼は着替えると言って、二階へ上がって行った。

私は玄関に行き、キャスター付きのビジネスバッグのファスナーを開けて中を探った。汚れ物はなぜかタオルに包まれ、袋などにも入れずに、そのまま鞄に突っ込んである。いつも使っているシェーバーやヘアワックスを家から持っていったみたいで、それも一緒くただ。結構ぐちゃぐちゃだなぁ。自分で支度するからとは言ってたけど……男の人ってこんなもの？

二階から彼が下りてくる足音がした。そのまま浴室に向かい、ドアを開け閉めしたのがわかる。

そういえばスーツ以外の服は部屋に脱ぎっぱなしになってるし、洗濯かごに入った靴下も丸まったままだっけ。パジャマの袖《そで》も裏返しになってるし。

バッグから着替えを引っ張り出すと、一緒に入っていた本まで出てきてしまった。京都マップに今年人気の和菓子店、そして一冊の雑誌。

「冬の京都、女子みやげ……？」

雑誌には付箋《ふせん》が貼ってある。付箋の場所をそっとめくると、お土産《みやげ》でもらった髪飾りのお店がのっていた。

まさか、わざわざ調べてくれたの？

胸がきゅんとして顔が熱くなる。他の付箋場所もめくってみる。椿油のお店、可愛いボンボンのお店、お香のお店、帯留めの……全部お土産でもらったもの。

私のために、なんて、そんな図々しいことを思ってしまってもいいのかな。

雑誌を静かに閉じて、他の本と一緒に鞄《かばん》の中にしまった。洗濯物を持って脱衣所の洗濯かごの中へ入れる。目の前のお風呂場から彼の鼻歌が聞こえた。私の高鳴る胸の音、壮介さんに聞こえていないよね……？

＋　＋　＋

いつもより、ゆっくりめに起きた木曜日。熱いほうじ茶を飲んでから、お米を研いで炊飯器にセットした。休日の朝、壮介さんはなかなか起きてこない。昨夜は取引先の人と遅くまで飲んでいたようだから、今朝は余計に遅いだろう。

生姜醤油《しょうがじょうゆ》に浸《つ》けた鶏肉を唐揚げにする。甘い玉子焼きを作り、夕飯の残りの、人参と牛蒡《ごぼう》とこんにゃくの煮物を温める。ブロッコリーの胡麻《ごま》マヨ和《あ》えも作り、それぞれを、小さな蓋《ふた》付きの容器に詰めた。炊き上がったご飯に白ごまをふり掛け、しゃもじでぐるりと混ぜていく。用意しておいた具を入れてご飯を握り、海苔《のり》を巻いた。

壮介さんが京都の出張から帰ってそのあと、彼は仕事が忙しく、会話もほとんどしていない。せっかく仲直りができたのだから、今日は自分から近付いてみたいと思ったんだ。

壮介さんが二階から下りてきた。時刻は十時四十五分。

「……おはよう」

いつものように眼鏡を手に持ち、反対の手で目を擦《こす》っている。すごく眠そうだけど、半纏《はんてん》を着てくることだけは忘れないらしい。

「おはよう。眠れた?」

「うん。よく寝たー」

大あくびをした彼に尋ねる。

「壮介さん、今日忙しい?」

「いや、今日は何もないよ」

「おにぎり作ったんだけど、よかったらお散歩行かない?」

梅と市松模様のピンクの風呂敷に、おにぎりとおかずを包み、イタヤ細工のかごバッグに入れた。

「散歩……?」

「今日すごく暖かいから、どうかなと思って」

「いいよ。支度するから待ってて」

意外にも壮介さんは、快諾してくれた。

十一時半頃に家を出て、大きな道路沿いの歩道を進んでいく。天気予報は当たって、今日は陽射しが暖かい。隣を歩く壮介さんは黒縁眼鏡を掛け、鮮やかなブルーのダッフルコートに紺色の綿パンを穿《は》き、足元は茶のショートブーツだ。お弁当と熱いお茶の水筒を入れたかごバッグを持ってくれている。スーツ姿と全然違うし、そういう恰好だと私より確実に年下に見える。

私は襟の大きなベージュのツイードダウンジャケットを羽織り、ウールの七分丈パンツに厚い黒タイツを穿いて寒さ対策を万全にしていた。偶然、お互い中に着た淡いグレーのタートルネックがお揃いのように見えて焦ってしまう。地味色の恰好だけど、メイクもしっかりしたし、コンタクトだし……彼の隣を歩いても変じゃないよね。

十分ほど歩くと、目の前に芝生のある大きな公園が現れた。葉の落ちた銀杏《いちょう》の樹が立ち並ぶ間をゆっくりと進んでいく。ところどころにパンジーの咲き乱れる花壇があり、遠くに池が見える。飛んできた鴨《かも》が水面に着陸すると細かなさざ波が立ち、煌《きら》めいた。日当たりのいい場所にあるベンチに二人で座る。ぽかぽかとして気持ちがいい。私たちの前を、三匹のチワワを連れた年配の女性が通り過ぎて行った。

「あったかいね」

「うん。春みたい」

空気の澄んだ冬の空を仰ぐ。

「何か話でもあるの？　七緒さん」

「え？」

「いや、急にどうしたのかと思って」

「朝起きたら暖かくて、外でお弁当を食べたら気持ちいいだろうな、ってそれだけです」

かごバッグの中から風呂敷に包んだおにぎりと、おかずの入った容器を取り出す。

「何のおにぎり?」

彼が私の手元を覗き込んだ。

「これがたらこ、こっちが昆布、これはおかかチーズ」

「おかかチーズ? 面白いね」

小さめのおにぎりを受け取った壮介さんは、ラップを剥《は》がして口に入れた。

「うん、うまいよ。意外な組み合わせだけど」

「よかった。あ!」

「何?」

「紙コップ持ってくるの忘れちゃった」

赤いチェック柄の水筒に付いている蓋《ふた》のカップだけしかない。キッチンに用意してあったのに。

「別に、それで一緒に飲めばいいじゃない」

「え、うん」

動揺する私のことなんて気にも留めず、壮介さんはおかずに手を伸ばした。唐揚げを割り箸《ばし》で挟んで口に入れている。

「七緒さん、上手になったよね料理」

「本当に？」

「うん」

そういえば、壮介さんは初めから何でもおいしいと言って食べてくれたんだよね。もし「まずい」なんていきなり言われたら立ち直れなくて、ここまでは頑張れなかったかもしれない。

「でも最初はおいしくなかったでしょ、やっぱり」

「いや、おいしいと思ったよ」

木の上から下りてきた鳩《はと》が、私たちの足元へ寄って来た。

「うちの親は、あの通り、ずっと共働きだから、商店街で買ってきた惣菜なんかが多かったんだ。だから母親の手料理って、そんなに印象ないんだよ。本人も苦手だってひらき直ってたし。父親も、うるさく言わない人だから、まぁこんなもんかって。それで特に不満もなかった」

お茶ちょうだい、と言って、彼は私の飲み掛けのお茶を手に取り、飲み干した。

「社会人になってから朝飯は食べてなかったし、昼も夜も外食か、買って来たものだけだったから、七緒さんの料理は手が込んでて感動したよ」

感動なんて言われて妙に照れくさくなり、慌てておにぎりを頬張った。壮介さんはさらりと褒《ほ》めるのが上手だと思う。おにぎりをもぐもぐさせて呑み込んでから、彼へ正直に話した。

「私、ずっと母親に甘えっぱなしで、料理は年に一度くらいしかしなかったの。お見合いのときに堀越さんが私のことをお料理とかお菓子作りが趣味なんて紹介したから、本当はすごく焦った」

「お菓子作りも、してなかったの？」

「うん全然。読書も好きだけど、趣味というほどでもなかったし。何もないまま三十になるのもどうかなって思ってたときに、偶然新しくできたアンティークの着物ショップを見つけたの。そこで素敵な着物に出会ってひと目惚れ。それで着付け教室に通い始めてハマったの」

ふうん、と頷いた彼がまたお茶を飲んだ。

朝ご飯を食べていなかったせいもあって、二人であっという間に食べ終えてしまった。

ごちそうさまをした彼が続ける。

「七緒さん、ひと目惚れする方なの？」

「え……さっきの着物の話？」

「まぁ、着物でも人でも、何でも」

人、なんて言われても……。浄妙寺のお茶室で彼をひと目見て素敵だと感じたのは、ひと目惚れと言っていいよね？

「壮介さん、は？」

「する方だよ。そんなの七緒さんが一番よく知ってるでしょ」

そっぽを向いて答えた彼の言葉に胸が痛くなった。

それは、鎌倉で私にひと目惚れをしてくれたということだよね。それともお見合いの写真を気に入ってくれたこと？

「壮介さん、あの」

「行こうか」

私も、と言おうとしたけれど遅かった。立ち上がった彼のあとに続いて荷物を手に歩き出す。私ってずるい女だ。先に質問されたのに、それをごまかすために訊《き》き返すなんて。

公園の端まで歩き、道路沿いを進む。小さな橋を見つけてそれを渡った。住宅街を流れる川に沿って冬枯れの桜の樹が並んでいる。薄い雲が広がり、少し冷え込んできた。

「そういえば前に言ってた和菓子店の集まり、来週だからそのつもりでね」

「はい。お正月にお義母《かあ》さんにいただいた簪《かんざし》と帯留めを着けていこうかと思って」

「写メ送ってあげれば？　喜ぶよ、きっと」

「うん、そうします」

急に吹いた冷たい風に肩を縮め、両手をすり合わせて息を吹きかけた。

「七緒さんて冷え症？　女の人ってよくそう言うじゃない」

「私はそうでもないと思う。足が冷えて眠れないってこともないし。今は、風が冷たくて手が寒かっただけ。手袋忘れちゃったの」

「そう。僕は寒がりなんだけどね、すごく」

「うん、よく知ってる」

思わず笑ってしまった。あれで寒がりじゃない、なんて言ったら絶対反論してる。

「あんまり、難しいことは考えなくていいのかもしれないな……」

壮介さんがぽつりと言った。

「難しいこと？」

「それ、持つよ。忘れてた、ごめん」

私の手にあるバッグに彼が視線を落とした。何を言おうとしたんだろう。

「もう軽いから全然平気」

「いいから」

なおも差し出す彼の左手にかごバッグを渡した。彼は右手にバッグを持ち直し、再び私に左手を差し出した。

「そっちも」

「？」

「貸して」

貸してと言われても、もう何も持っていない。

「何を？」

「七緒さんの右手」

驚く間もなく右手を取られた。

「こうすれば、お互いに少しはあったかいでしょ」

取られた右手は……壮介さんのコートのポケットに、彼の手とともに押し込められた。

顔が、上げられない。

ポケットの中の壮介さんの手が私の手を包んでいた。心臓がまた、すごい音を立てている。悟られるのが恥ずかしい。

「……壮介さん。夕飯、何が食べたい？」

平静を装って話しかけた。

「おでんがいいな。たまには食べに行こうか？　一旦家に帰って、夜になったらまたでかけよう」

「いいの？」

「いいよ。いつも大変でしょ、七緒さん」

「そんなことないけど……ありがとう」

私の返事に応えるように彼が手を強く握った。お正月のとき、電車を降りてすぐに手を引っ張られたけれど、それとは違う。何が違うのかはよくわからない。でも、ずっと離したくないと思ってしまう、温かい感触だった。

＋　＋　＋

穏やかな散歩日和《びより》を過ごした一週間後。今日は一月最後の木曜日だ。

朝起きてすぐ、具合が悪いと言った壮介さんは、一階の和室にお布団を敷いて寝ていた。お昼頃、閉めきっていた襖《ふすま》を開けて様子を見に行き、加湿器のお水の残量を確かめる。

「七緒さん」

掠《かす》れた声で私を呼ぶ壮介さんを振り向いた。顔は赤く、目が潤《うる》んでいるし、息があがって苦しそう。スポーツドリンクをコップに注いで彼の近くに寄る。

「大丈夫？　これ飲める？」

「うん」

「熱も測ってみて」

起き上がった彼にコップと体温計を渡した。体温計を脇に入れた彼はスポーツドリンクをごくごくと飲み干す。

「薬が全然効かないな」

「つらい？」

「いや、朝よりはいいけど」

壮介さんは、ピピピと鳴った体温計を取り出し肩を落とした。

「駄目だ……七緒さん、部屋から出て。もしこれがインフルエンザだったら困る」

受け取った体温計は三十九・二度を表示している。

「予防接種してるから大丈夫」

「僕も予防接種はしてるんだけど、この時期になると別の型が出てくることもあるらしいから……。せめてマスクして」

「病院行く？」

「インフルエンザだったとして……発熱から二十四時間だっけ……？　経過しないと病院行ってもわからないんだよね、確か。……どうせ苦しいし、ここで寝てるほうがいい。吐き気は治まったから大丈夫」

「壮介さん。もちろん今日はお断りするよね？　私連絡するから」

布団に入った彼は返事の代わりにため息を吐《つ》いた。

今日は壮介さんが前から言っていた、和菓子店の経営者や製造会社の人たちが集まる会員のパーティーだ。二人で参加する予定だったし、彼は前からこの日をとても気にかけていたから、よっぽど重要な何かがあるのだと私も理解していた。

今は十二時半で、パーティーは七時から。

「参ったな。どうしても挨拶《あいさつ》したい人がいたのに」

「挨拶したい人？」

「老舗《しにせ》店の息子さんなんだけど、僕と同じようにネット販売に力を入れていて、かなり成功してる人なんだ。話が聞けなくても、せめて挨拶して繋《つな》がりを持ちたかった……。なかなか、そういうところに出てこない人だから」

天井に視線を移した壮介さんは静かに目を閉じ、もう一度大きなため息を吐《つ》いた。

「壮介さん」

「わかってる。大人しく寝てるよ。無理に行っても周りに迷惑かけるだけだろうし」

「違うの。あの、私が一人で行ってくるのは駄目？」

「え……？」

瞼《まぶた》を上げた壮介さんは、驚いた顔で私を見た。

「壮介さんが会いたがっていた、ってその方に伝えるだけでも違うと思うんだけど……。今日は具合が悪くて行けないことも、私から言っておけばわかってもらえるかな、って」

「……」

「余計なことだったら、やめておきます」

壮介さんはしばらく考えてから、何度か小さく頷いた。

「いや、余計なことじゃないよ。でも本当に一人で平気？」

「何か特別なことをするの？」

「着席で歓談と食事と、主催が招いたマジックだかのショーを観るだけ。ビンゴもあったかな。歓談の間に、できれば動いて欲しい」

「挨拶に回ればいいのよね？」

「うん。できる？」

「やってみます」

「ありがとう。絶対に挨拶して欲しいのは、風香仙庵《ふうかせんあん》の相馬《そうま》さんという人だけ。あとの人は適当に挨拶して、僕の名刺を渡してくれれば大丈夫だから。特に顔も覚えなくていいよ」

「わかりました」

「相馬さんとは同じテーブルになると思う」

「そうなの？」

「僕、主催の人と仲いいんだ。事前にお願いしておいたから、多分そうなる」

風香仙庵の相馬さん……覚えておかなくては。

「あとね、二次会は出席しなくていい。相馬さんに誘われたとしても、行かなくていいから」

「壮介さんの具合が悪いんだから、すぐに帰ります」

「誰かに送るとか何とか言われても絶対に断るんだよ？　ホテルから直接タクシー使って家まで帰ってきて」

「電車じゃ駄目なの？」

「駄目。僕の机の上に財布があるから、お金持っていって。どうせなら行きもそうして。頼むから」

「うん、わかった。そのほうがいいなら、そうします」

午後三時。トイレに起きた壮介さんに、おかゆを作ってあると告げて家を出た。熱は少し下がっていたし、お腹が空《す》いたと言っていたから、一人でも大丈夫そうで安心した。

予約していた美容院へ着物一式を持って行く。さすがに訪問着となると、きちんと着付けてもらったほうがいいし、髪も綺麗にまとめてもらいたかったんだよね。

「あの、これを使いたいんですが」

美容師さんに、お義母《かあ》さんからもらったべっ甲の簪《かんざし》と帯留めを差し出す。

落ち着いた淡い桜色の絵羽模様の訪問着を着せてもらい、箔《はく》の入った袋帯を締めた。帯揚げは若草色、帯締めは藤色。べっ甲の簪と帯留めが着物に馴染んでくれて嬉しい。

「いいお色ですね。小物がよく映えています」

着付けの人が目を細めて、着物姿を褒《ほ》めてくれた。

「ありがとうございます」

「着てこられたお荷物、宅配便でお送りしておきますね。こちら一式でよろしいですか？」

「はい。よろしくお願いします」

外は真冬の寒さが厳しく、着物用コートを羽織って美容院を出た。壮介さんに言われた通りに、タクシーで会場のホテルへ向かう。

到着した品川のホテルで、広いロビーから会場へ移動する。

受付で席次表とビンゴカードをもらい、ウェルカムドリンクのサービスを受けた。冷たいウーロン茶を飲んで心を落ち着かせる。

本当は、こういう場所はとても苦手だ。でも、あの壮介さんがあんなにも気にしていた場なんだから、妻として私が少しでも頑張らないと。

開始十分前に席に着いた。同じテーブル席の名前を確認する。私の右隣の、さらに隣の席に相馬さんの名前があった。風香仙庵という店名も書いてある。

しばらくして、その人が現れた。五十歳くらい……？　私たちよりはずっと年上だけと、お父さんの世代よりは下な感じがする。

司会者の進行でパーティーが始まった。会長さんだという人がマイクを使って挨拶《あいさつ》と乾杯の音頭を取る。周りの人とグラスを掲げ、シャンパンに口を付けた。会場は思っていたよりも男性が多い。

「それではどうぞ、しばらくはご歓談、お食事をお楽しみください」

一斉に会場が和《なご》やかな雰囲気に包まれる。

よし、今だよね。私の左は壮介さんの席だったから空いている。栓を抜いたばかりの瓶ビールを持ち、まずは右に座る年配の男性へビールを注いで挨拶した。

「みもと屋の古田と申します。どうぞよろしくお願いいたします」

「ああ！　知ってますよ。ネットのほうで盛況ですよねぇ。あなたが代表で？」

「いえ。主人は今日、体調を崩しまして……。私一人、お伺いしました」

「そうなの。それはお大事に。うちの店はね……」

しばらくお話を聞いて、途切れたところで静かに立ち上がった。その右隣に座る相馬さんのもとへ行く。

「お邪魔します」

腰をかがめ、斜め後ろから声をかけた。

「ああ、はい」

「みもと屋の古田と申します」

「みもと屋さん、存じてますよ。奥様ですか？」

「はい」

ビール瓶を向けた私に快《こころよ》くグラスを差し出してくれた。相馬さんは低くて渋い特徴のある声をしていた。ひと口飲んでもらったところで、壮介さんの名刺を差し出す。

「今日、ご主人はどうされたんですか？」

「朝から高熱を出しまして、今日は私が一人で参りました。主人はどうしても相馬さんに挨拶をしたいと申しておりまして、伺えないのを大変残念がっていました」

「そうでしたか。それはお大事になさってください。私も今日はぜひ、古田さんにいろいろとお話を伺いたかったのでね。こちらこそ残念ですよ」

「そうおっしゃっていただけるとありがたいです。主人に伝えます」

「そうだ、ちょっと待って下さいね」

相馬さんは自分の名刺を取り出し、ボールペンでそこに何かを書き加えた。

「これはプライベート用の携帯番号とメールアドレスです。よかったらここに、古田さんからご連絡をいただければと思います」

「あ、ありがとうございます！　主人も喜びます。今後とも、どうぞよろしくお願いいたします」

その場で頭を下げ、お礼を言った。よかった。これなら壮介さんもきっと喜んでくれる。

「こちらこそお願いします。古田さんは、いい奥様をお持ちですね」

「え……あ、いえ。とんでもないです……」

恥ずかしくて顔が熱くなる。にっこりと笑った相馬さんが、私の注いだビールに再び口を付けて飲み干した。

そのあとも、私のところへ来た人たちと名刺を交換したり、余興のビンゴゲームで一緒になった人と挨拶《あいさつ》を交わしたりして、何とか無事に時間が過ぎていった。

主催者の最後の挨拶で、参加している和菓子店のネットでの総売り上げ順位が発表された。相馬さんのお店、風香仙庵がダントツで一位。みもと屋は三位に食い込んでいる。壮介さんの言う通り、すごい方なんだ、相馬さん。

全てが終わり、会場を出てロビーへ向かおうとしたとき、後ろから肩を叩かれた。

「古田さん」

振り向くと、さっき会場で挨拶した男性が赤ら顔で立っていた。大勢の中の一人で名前はよく覚えていない、四十代くらいの男性だ。

「あ、お疲れ様でした」

「このあと下のバーで二次会があるんですが、よかったらどうです？」

「ありがとうございます。でも今日は主人の具合が悪いので、これで失礼します。申し訳ありません」

頭を下げると、ふん、と鼻で笑われた。

「子どもじゃあないんだから、あなたが一時間やそこら帰るのが遅れたって、何てことないでしょう」

お酒臭い。ずいぶんと飲んだのだろう。会場から出てきた人たちは、おしゃべりしながら私たちの横を歩いて行く。

「第一古田さんは、そういうタマじゃないでしょう？　みもと屋なんてだ〜れも知らないような店が、あれだけ売り上げてるんだから、陰で何してるか知れたもんじゃない。ぽっと出の若者《わかもん》に、ずいぶんと舐《な》められたもんですよ、ねえ？」

語気を荒らげる彼に恐怖を感じ、体が固まった。どうしよう。

そのとき、私たちのそばを通りかかった男性が声をかけてきた。

「何してるんですか横田《よこた》さん。絡み酒は嫌われますよ。二次会行きましょ、ほら」

そうだ。横田さん、という人だった。

横田さんは男性の言葉を無視して、いきなり私の手首を掴んだ。

「奥さん一人で寄越すなんて悪い男だねえ？　こんな綺麗な着物着せて」

「は、放して下さい」

「あの人、いい噂ないですよ？　奥さん」

「！」

頭がかっと熱くなって、気付けばその人の手を振り払い、睨み付けていた。お義母《かあ》さんにもらったべっ甲の帯留めに手をやり、お腹に力を入れる。

「私は……彼を信じていますから」

「はぁ？」

「横田さん、やめなさいって」

私に近付こうとした横田さんを、男性が引き留めてくれた。

「失礼します」

お辞儀もせずに、くるりと背を向け歩き出す。

「おい、ちょっと」

「いい加減になさい」

後ろで、横田さんが、今いた男性とは別の誰かに窘《たしな》められた声が聞こえた。相馬さんの声のような気がしたけれど、もういい。絶対に振り向かない。背筋を伸ばし、すたすたと急ぎ足でロビーへ向かった。

クロークに預けていた着物用コートを受け取る。ホテルの出口でドアマンに案内してもらい、タクシーへ乗り込んだ。行先を告げ、大きく息を吐き出す。

あんなふうに言われたことが悔しくてたまらなかった。自分のことじゃない。彼を侮辱《ぶじょく》されたことが、こんなにも私を怒らせるなんて、思ってもみなかった。

スマホに壮介さんからメッセージが入っていた。連続で三回も届いている。それは全部私を心配する言葉。涙が出そうになるのを堪《こら》え、彼に返信した。

——今、帰りのタクシーに乗りました。何も心配しなくていいから、ゆっくり寝てね。

＋　＋　＋

お布団の中でため息を吐《つ》く。朝の五時四十五分。昨夜生理になったせいか、怠《だる》くて起き上がりたくない。ごろごろと数回寝返りを打ち、それでも何とか気合を入れ、一気にがばっと布団をめくって起き上がった。枕元に置いてあった眼鏡を掛ける。隣に壮介さんの布団はない。今日だけではなく、彼は熱を出した日の夜から、私にうつしてはいけないと自主的に洋室へ移り、そこで眠っていた。

パーティーの日、帰宅すると彼の熱は既に下がっていた。用意しておいたおかゆは空になっており、しっかり食欲も戻っていた。翌日病院で検査をした結果インフルエンザではなく、ただの風邪だと診断された。今日から仕事に行けると張り切っている彼のためにも、しっかり起きなくちゃ。

布団を畳んで障子《しょうじ》と窓を開け、冷たい空気を入れる。外はどんよりした曇《くも》り空で、まだ薄暗い。窓を閉めて着替えている途中、さっきの怠《だる》さが下腹の痛みに変わった。

キッチンに行き、朝ご飯の支度を始める。焼き鮭、味海苔《のり》、大根おろしになめ茸をのせたもの、ほうれん草と豆腐の味噌汁。あとはお漬物があればいいよね。

コタツの電源を入れて、天板の上におかずを並べた。何だか、本格的にお腹が痛くなってきた。キッチンへ戻りながら薬を飲もうか迷っていると、壮介さんが起きて来た。

「おはよ」

「あ、おはよう。具合はどう？」

「うん、もう全然平気。ご心配おかけしました」

背中を丸めながら彼は和室に上がった。顔色も良さそうだし、もう大丈夫だろう。

ご飯茶碗とお味噌汁、急須《きゅうす》と湯呑《ゆのみ》をお盆にのせ、彼のいるコタツに運ぶ。

「昨日の夕方、早速相馬さんにメールしたんだ。もう元気になりましたって」

「うん」

「そうしたらさ、来週の木曜、食事に誘われたんだよ」

急須で湯呑にお茶を注ぐ。湯気がほわほわと立ち昇った。

「木曜はお互い定休日なんだけど、僕は仕事が入ってたから、夜飲みに行きましょうってことになったんだ。こんな機会ないから親睦深めて来ようと思って」

朝の弱い壮介さんが珍しく機嫌よく話している。彼のこういう顔を見るのはとても嬉しいのに、下腹の痛みで笑顔がひきつってしまう。

「ありがとね、七緒さん。あの場に行ってもらって本当によかったよ」

彼はおいしそうにお茶を啜《すす》った。

「ううん。当たり前のことをしてきただけだから」

「まさか相馬さんが自分から連絡先を教えてくれるとは思わなかったからね。夫婦であいう場に参加っていうのは信用度が違うのかな、やっぱり」

胸が重苦しい。吐き気もしてきた。足が冷えているのかも。スカートにタイツはやめて、暖かい裏地付きのパンツと分厚い靴下に履き替えてこようかな。それに、カイロをお腹に貼ってみよう。

「壮介さん、先に食べてて。私ちょっと上で着替えるから」

「そうなの？　じゃあお先に」

「……うん」

腰を押さえながら階段を上がる。二階の和室に入り、押入れを開けてしゃがんだ。靴下が入っている収納ケースに手を掛ける。

「……」

ちょっと、こんなに痛いの久しぶりなんだけど……。最近いろいろあったことが影響してるのかもしれない。息を吐いて腰をさすったり叩いたりして何とか痛みを乗り越える。分厚い靴下に履き替えた。少しだけ、横になりたいな。押入れの布団の上にある枕を手にしたとき、貧血で眩暈《めまい》が起きた。

「あ」

枕を畳の上に転がしてしまい、倒れるように横になった。枕に頭をのせて背中を丸めたけれど余計にお腹が痛くなっている。な、なんで……？　薬を飲んでから二階に上がればよかった。ずきずきと痛む下腹を両手で押さえ、どうしようかと考え込んだ。ポケットに入っているスマホでわざわざ壮介さんを呼ぶのも悪いし……

雨が、降るのかな。空はさらに雲が厚くなったようで、電気を点《つ》けていない部屋は朝起きたときよりも暗い。畳の冷たさが体に凍《し》みてくる。しばらくそうしていると、階段を上がってくる足音が聞こえた。そして、引き戸の向こうから、彼の声。

「七緒さん、いる？」

「……はい」

「ご飯食べないの？」

「うん……」

「入るよ、いい？」

ガラリと戸が開き、壮介さんが部屋に入って来た。慌てて起き上がる。

「ごめ、ごめんなさい」

電気を点けた壮介さんは近くにしゃがみ、私の顔を見た。

「いいから。具合悪いの？　顔真っ青だよ」

「ちょっと、怠《だる》くて」

「僕の風邪がうつったかな。熱は？」

思いがけず額《ひたい》を温かな手で触られ、動揺しながら首を横に振った。

「違うの。あの、昨夜から……生理なの。久しぶりにすごく痛くて」

「あ、ああ、ごめん。そうなんだ」

部屋を見回した壮介さんは、立ち上がって押入れの前に行った。

「布団敷いてあげるから寝てなよ。薬とか飲む？」

「……うん。一階の薬箱に入ってるから、持ってきてもらえると助かります」

「わかった」

「仕事前なのに、ごめんなさい」

「いいんだよ。先に僕のほうがお世話になったんだから、これでおあいこ。押入れ開けるよ」

彼は一間半ある押入れの襖《ふすま》を端まで寄せた。そして、積んであった敷布団と毛布をいっぺんに持ち上げ、引っ張り出そうとする。その瞬間、布団の横に置いてあった竹かごに布団があたり、中身が飛び出してしまった。

「あ……！」

お義母《かあ》さんにもらった簪《かんざし》と帯留めの入った桐《きり》の箱と……鎌倉で彼に贈られた透明の小箱に入ったネックレスが転がり出る。箱の中でネックレスがチェーンごとひっくり返ったのが見えた。

「七緒さん、それ」

彼が近寄る前に慌ててそれらのそばに行き、ひったくるように自分の腕の中に収めた。

「大事ないただきものだから、ここに入れておいたの。それだけ」

大切にしまっておいたことを知られて、かっと顔が熱くなる。お腹が痛いのも瞬時にどこかへ行ってしまった。急いで小箱を竹かごの中へ押し込み、蓋《ふた》を閉めて取り繕《つくろ》う。

布団を敷き終わった彼は部屋の戸の前へ行き、私に背中を向けたまま静かに言った。

「とっくに捨てられたかと思ってた、そのネックレス」

胸がきつくしめつけられた。何度も聞いたことのある、切ない声。鎌倉のホテルで、お見合いの日本庭園で、コタツでうたたねをした私の上で……

「……そんなこと、しません」

「うん、そうだね」

「……」

「七緒さんはそんな人じゃないって、本当は……わかってる」

本当はって、それはどういう意味……？　考えている間に、彼は階下へ下りてしまった。けれどまたすぐに戻って来て、丸いお盆にのせたコップと薬の箱を、布団に入った私の横に置いてくれた。

部屋を出る彼の背中を見送り、心を落ち着けて薬をお水で流し込む。再び訪れた痛みに布団の中で耐えていると、疲れのせいか少しうとうとしてきた。

しばらくして、部屋の戸が静かに開いた気配を感じた。目を向けた先に、こちらを見ているスーツ姿の彼がいる。

「……壮介さん？　まだでかけてなかったの？」

驚いて、顔だけ起こして彼のほうを見た。

「うん」

「今何時？」

「九時十分くらいかな」

「お仕事間に合うの？」

「大丈夫。ダイニングテーブルの上にサンドイッチがあるから、お昼に食べなよ」

サンドイッチ……近所のコンビニで買ってきてくれたのかな。

「……ありがとう」

「じゃあね、行ってくる。もしかしたら風邪も引いてるかもしれないんだから、寝てなね」

壮介さんの言葉に頷いて、再び目を閉じた。


いつの間にかぐっすりと眠っていたみたいだ。薬が効いて痛みはすっかり引き、お腹が空《す》いていた。一階に下りてトイレに行ってから、キッチンで熱い紅茶を淹《い》れた。そういえばサンドイッチがあるって、壮介さん言ってたっけ。

「もう十二時過ぎてる……」

ダイニングテーブルの上にマグカップを置いた。ラップのかかったお皿がテーブルにのっている。そこには手作りのサンドイッチが並んでいた。

買いおきの六枚切りの食パンを使ったのだろう。耳は普通の包丁で切ったのか、端がぎざぎざになって、ところどころ残っている。

椅子《いす》に座って、ひと切れ手に取った。ハムとキュウリと茹《ゆ》で玉子の輪切りが挟まっている。キュウリは厚さが一センチ近くあった。パンにはマーガリン、ハムにはマヨネーズが塗ってある。不恰好なサンドイッチをひと口頬張ると、目に涙が浮かんだ。

「料理、何もできないって……言ってたのに」

いつも八時過ぎには家を出るのに、どれだけ時間を掛けて、このサンドイッチを作ったんだろう。キッチンに立つ彼の姿を思うと、胸が苦しくなって上手く呑み込めなかった。

——私、やっぱり壮介さんが……好き。好きで好きで、たまらない。

こんなに毎日そばにいたら心が落ち着くどころか、彼に恋する気持ちから離れられるわけがなかった。そんな当たり前のこと、今頃になって思い知らされても遅いのに。……違う。本当は私、わかってた。

だって、二度と会えないなんて嫌だった。お見合いの席で、壮介さんとあれっきりなんて、そんな怖いこと、考えたくもなかった。あのとき自分を納得させた理由はでたらめで、彼の気持ちが私になくても、形だけの夫婦と言われても、壮介さんと一緒にいたいって……。そんな自分勝手で浅ましい思いしかなかったんだ。それなのに、素直になれなかった。

私がネックレスを大切にしまっていたこと、どう思っただろう。本当はわかってるという彼の言葉の意味を知りたい。

いろいろな気持ちがごっちゃになって、ひと口食べるごとに涙がぽろぽろ零れて止まらなかった。

そのあと、壮介さんは毎晩遅くまで仕事で、ここ連日、私は先に眠ってしまっていた。彼は夜に入れなかったお風呂を朝済ませるので、朝ご飯の時間が極端に減ってしまった。そのため、私たちはろくに話もできない状態が続いていた。壮介さんを好きだと再確認した私は、彼と顔を合わせることに戸惑っていた。だから好都合のはずなのに、会えなければ会えないで寂しくてたまらない。

同じ人に二度も恋するなんて、どうしたらいいの？

＋　＋　＋

木曜日、母が家に遊びに来た。

「お邪魔します～。あら～綺麗にしてるじゃないの！」

母の甲高い声がリビングに響き渡った。いそいそとコートを脱ぐ母は、目を輝かせて家の中を見回している。

「ちょっと何これ。収納なの？　開けていい？」

「どうぞ。コート貸して、掛けておくから」

「ありがと。ねえ七緒、これ何？　このハンドルみたいの！」

「洗濯物を干すバーが下りて来るの。部屋干し用だよ」

「へえ〜便利ねぇ。これ、もしかしてソーラーパネルの表示？　ねえ七緒ったら」

「ちょっと待ってってば。お母さん興奮しすぎ」

預かったコートを和室に掛け、キッチンへ行く。

「だって、うちももうすぐ家建てるじゃない？　それで今、建築士さんといろいろ相談中だから参考にしたいのよね。細かい所まで決めるのが大変でさ〜」

「ここは全部壮介さんが決めたんだから、私はあんまりわからないよ？」

「生活してれば何がどうなってるかくらいは、わかるでしょ」

椅子《いす》に座るのかと思ったら、あら〜とか、まぁ、なんて感心しながら、まだ隅々《すみずみ》まで眺めている。

「お母さんコタツがいい？　ダイニングテーブルがいい？」

「キッチンが見たいからダイニングテーブルがいいわ。壮介さん、今日は何時頃に帰って来るの？」

「朝から仕事で、夜は飲みに行くから遅いみたい」

「今日、本当はお休みなんでしょう？　忙しいのねえ」

テーブルに着いた母に、彼女の好きな玄米茶を淹《い》れてあげた。

壮介さんは今夜相馬さんとの約束を楽しみに、仕事へでかけた。前から家に来たいと言っていた母は、ちょうど都合がいいからと昼前から遊びに来たのだ。

用意したお昼ご飯は、じゃこと水菜のペペロンチーノ、里芋とチーズのひと口コロッケ、白菜ときのこのクリームスープだ。

「これ全部七緒が作ったの？」

「そうだよ。どうぞ召し上がれ」

いただきますと言った母は、お箸《はし》でミニコロッケを挟み、口へ入れた。

「すごくおいしいわよ、これ」

「本当？」

「本当よ。頑張ってるのねえ。料理なんて丸っきりできなかった七緒が……お母さん嬉しいわあ。それもこれも全部壮介さんのおかげね」

「ていうかさ、堀越さんに適当なこと言ったでしょ」

「ん？　何のこと？」

母はフォークを使わずにお箸でパスタを頬張っている。

「お見合いのとき、私冷や汗出まくりだったんだからね。料理が得意だの、お菓子作りが趣味だの嘘ばっかり伝えてさ」

「あ、あーあーあれね！　ほら、そう言っておいたほうがポイント高いじゃない？」

「いくらポイント高くったって、嘘吐《つ》いたら意味ないでしょ？　笑って何とかごまかしたけど」

「あはは、ごめん、ごめん。でもいいじゃない。結果的にはこうして結婚して、料理上手にまでなったんだから」

母は笑って、カップに入ったクリームスープを、ふうふうと息を吹きかけて飲んだ。

母はいつもとてもおいしそうに、何でもよく食べる人だ。私が作った料理もおいしいおいしいと言って、たくさん食べてくれた。

「壮介さんのお母さんは、ここにいらしたことあるの？」

「ううん、まだだよ。お義母《かあ》さん、お店が忙しいから来月辺りに来るって」

母は頷いて、食後のコーヒーカップに視線を落とした。

「七緒、本当にいいの？」

「何が？」

「みもと屋さん、手伝ってないんでしょ？」

「うん。壮介さんがしなくていいって」

「いくら壮介さんがいいって言ってもねえ。本当はあちらのお母さんだって、七緒に来てもらいたいと思ってるんじゃない？」

「それ、お義母さんがそう言ってたの？」

母とお義母《かあ》さんはメールのやり取りをしていたはず。そういう話が出ていてもおかしくはない。

「言うわけないでしょ、そんなこと。そりゃあね、旦那さんの言うことを立てたほうがいいのはわかるのよ。でもあんな立派なお店に……七緒はお嫁にいったわけなんだからさ」

「そうだけど……」

「心構えくらいはしておいてもいいんじゃないか、って話」

確かに、そのことは心に引っかかっていた。でも、お正月、壮介さんの実家で彼がお義父《とう》さんに念を押したのを目の当《ま》たりにして、口を挟むのはやめた。私たちの夫婦関係について、うっかり私がボロを出してもしたら困る、だからお店を手伝わせないのだろうと思ったからだ。

けれど、この宙ぶらりんな私の立場の、本当の意味を知っているのは私と壮介さんだけなのだから、周りから見れば当然母と同じことを思うはずだった。だからといって差し出がましいことや勝手なことはできない。本当は、あの優しい義理の両親のお手伝いをしたいと思っているんだけどな。

夕方まで長々と話をし、帰る母を駅まで見送った。

＋　＋　＋

翌日、私は商店街で買ったダブルガーゼの布に刺し子刺繍《ししゅう》をして、ミニハンカチを作っていた。ピンク色の刺繍糸で、七宝《しっぽう》つなぎの模様を刺していく。

少し前から、私は彼に対する思いを紛らわせたくて、雑誌で見かけて気になっていた刺し子刺繍を始めていた。どうやら私には、こういう、ちまちました作業をすることが合っているらしく、何時間でも没頭できた。何より、可愛く仕上がったものを見るのが楽しい。

「可愛くできた」

ひと息吐いて凝《こ》った肩を上下に動かし、首を回しながら時計を見ると三時を過ぎている。

「いけない、もうこんな時間」

急いで二階へ上がってベランダの洗濯物を取り込んだ。二階の洋室でアイロン台を立てる。私はこのスタンド式のアイロン台がとても気に入っていて、家事の中でもアイロンがけの時間が一番好き。

「これでおしまい」

ぴしっと整った衣類を見て、ささやかな充足感を得た私は、それらを収納場所へ片付けた。

外は雨が降り出していた。どうりで寒いはずだよね。今夜も壮介さん遅いのかな。彼は連絡をくれないので、一人の食事を始めるタイミングが難しい。迷っていたそのとき、車の音がした。心臓が痛いくらいに跳ね上がって顔が上気したのがわかる。帰って来ただけなんだから、落ち着いて。

壮介さんに対する気持ちを自覚してから、まともに顔を合わせるのは久しぶりだ。メイクと髪のチェックをして服を整えた。玄関のドアに鍵を入れる音がする。深呼吸して玄関へ向かった。

「お帰りなさい」

「ただいま」

「今日、早かったのね」

久しぶりに早く帰って来てくれたことが嬉しいんだけど、何だか緊張して顔が上げられない。

「うん。はいこれ、お土産《みやげ》」

「ありがとう。あの、先にご飯食べる？」

彼が差し出した紙袋を受け取りながら訊《き》く。

「いや、風呂にしようかな。入れる？」

「うん。お湯張ってあるから」

リビングへ戻りお土産の袋を改めて見て、心臓がずきっと痛んだ。黄色の袋に緑色の江ノ電のイラストが描かれているそれは……

「……鎌倉、行ったの？」

「ああ、うん。知り合いの和菓子店が鎌倉に支店を出したんだ。それで行ったんだけど。知ってる？　それ」

「江ノ電の箱に入ったもなかだよね？　午前中に売り切れちゃうから、わざわざ朝早く行って買ったりしてた」

「今日は運よく買えたんだ。それにしても、味も売り方も、ずっと変わらないスタイルを守り続けてるっていうのはすごいよ。それが人気の秘密っていうのもね」

壮介さんは話しながら、階段へ向かった。

大きな箱の中に、江ノ電のイラストが描かれた細長い箱が十個入っている。もなかに入った餡《あん》の味によって車両が違うんだよね。私は柚子《ゆず》餡が好き。

「……可愛い」

また二人で鎌倉へ行きたいって言ったら、笑われるかな。それとも、あきれられる？

もう一度私のことを好きになってもらえないだろうか、なんてそんな夢みたいなこと思うのはおこがましすぎる？　それが無理でも、もう少しだけ、壮介さんに近付きたい。

コタツに夕食の準備をしていると、彼がお風呂から上がって来た。冷蔵庫から缶ビールを取り出し、蓋《ふた》を開けながら和室に入ってくる。

「七緒さん、お願いがあるんだけど」

座って、グラスにビールを注いだ壮介さんが話を続けた。

「明日みもと屋で新作の試食会をするんだ。七緒さん、手伝ってくれない？」

「何をすればいいの？」

「試食の和菓子を配ってもらえればそれでいいんだ。できれば着物を着てもらって。関係者と、普段お世話になっている人たちも呼ぶから結構な人数になるんだけど、どうかな」

「わかりました。お手伝いします」

「ありがとう。その前に、父さんが和菓子を作ってる場所と工場を、七緒さんに案内したいって張り切ってるんだけど、いい？」

ビールをひと口飲んだ彼は、いただきますをして、お箸《はし》でキュウリとワカメの酢の物をつまんだ。

「うん、行きます。お義父《とう》さんたちの作ってるところを見てみたかったから」

お義父さんがそう言ってくれるのなら、顔を出してみよう。

「じゃあ明日の朝、僕と一緒に行こう」

「はい」

魚のフライや大根の煮物を食べ終えた彼に、熱いお茶を淹《い》れて差し出した。

「昨夜、相馬さんと飲みに行って、仕事以外のこともいろいろ訊《き》けたよ」

「そう。よかった」

「その流れで、この前のパーティーの話が出たんだけど」

壮介さんの真面目な声に、緊張が走った。

「七緒さん、パーティーのあと、大変だったんだってね。僕に何も言ってくれなかったのが七緒さんらしいと言えばらしいんだけど」

「……」

「心配しなくていいよ。もう二度とああいう場所へ一人で行かせることはしないし、横田さんとは元々縁を切るつもりだったから、もう関係ない。今まで散々こっちに擦り寄っておいて、僕がいないときに嫌がらせとか……クズ過ぎるな、あのオッサン」

舌打ちをした壮介さんは、お茶を口へ運んだ。

「悪かったね、嫌な思いさせて」

「ううん、大丈夫」

「そのとき……」

湯呑《ゆのみ》を置いた彼が、私を真っ直ぐ見据えた。

「横田さんに絡まれた七緒さんが、僕のことを信じてるって言ったっていうのは、本当？」

横田さんを窘《たしな》めた別の男性の声は、やはり相馬さんだったんだ。あの言葉を聞かれていたのは恥ずかしいけれど、隠しても仕方がない。

「本当です」

「それはさ、夫婦として出席した妻の役目を果たそうとしてくれた……それだけのことで他の意味はないんだよね？　見合いのときに、夫婦だと信用が上がるから結婚を望んでいる、っていう僕の話を覚えてたからだろうと理解したんだけど」

「妻としての役目を果たすのは当たり前のことです。でも、信じてるって言ったのは……本当にそう思ったから」

私たちの間で交わされた契約とか、二人の関係とか、そういうことなど一切考えずに出てきた、私の本当の気持ちだったのだから。

「……そうか」

眉根を寄せた壮介さんは再びお茶に口を付け、飲み干した。

そのあと、何故か彼の口数が減り、私たちはほとんど会話を交わすことなく、その日を終えた。

　翌朝、着物を着て支度を終えてから、私は壮介さんと一緒に彼の車でみもと屋へ向かった。昨夜、相馬さんの話をしたあとからの、何となくぎこちない雰囲気が続いている。

　五分ほど走ったところで、運転をしている隣の彼に話しかけた。

「壮介さん」

「ん？」

「今夜も遅い？」

「いや、もう大きな仕事が終わったから、昨夜みたいに七時には帰れると思うよ。今日は試食会が終わって少し仕事したら帰るつもりだけど、何？」

「話が、あるの」

　昨夜、彼の隣で、布団の中で、私はずっと考えていた。

「話？　今じゃ駄目？」

「できれば」

「……そう。わかった」

　みもと屋へ行って気持ちを新たにしてから、壮介さんに全部話そう。今さらだと笑われてもいいから、勇気を出して私の気持ちを……全部。いつまでもこういう雰囲気を持って過ごすのはもう、やめにしたい。

車で十二、三分ほどでみもと屋へ着いた。

壮介さんの指示に従い、厨房《ちゅうぼう》用の割烹着《かっぽうぎ》と三角巾を着け、マスクをし、手を洗ってさらに消毒をした。まずは義父母がいる、昔ながらの小さな厨房へ入る。途端に、ふんわりとした甘い香りに包まれた。

「七緒さん来たよ」

彼の声かけに、義父母が振り向いた。

「おはよう七緒ちゃん、待ってたよ」

「いらっしゃい、七緒ちゃん」

「おはようございます。お邪魔します」

「今日はこのあともよろしくね」

「こちらこそよろしくお願いいたします」

二人は笑顔で快《こころよ》く迎えてくれる。男性の職人さんとも挨拶《あいさつ》を交わした。壮介さんは仕事があるからと言って、事務所に行ってしまった。

中身がたくさん詰まって中央が膨らんだどら焼きがケースにずらりと並び、お義母《かあ》さんがそれを個別に包装していた。別のケースにはおはぎ、お団子、すあま、季節の上生菓子が、お行儀よく並んでいる。どれもおいしそう。もう既にこれだけでき上がっているということは、相当朝早くから準備をしているんだよね。今日は試食会に来てくれた人に渡す分だけだから、これでも少ないのだと教えられた。

次に、お義父《とう》さんは私を通販用の工場へと連れて行ってくれた。お店の裏から出て道を挟んだところにある綺麗な建物で、ここでは店頭のものとは違う和菓子を作っているようだった。十人ほどの人たちが働いている。

「こっちの和菓子のアイディアは壮介。でもあれは作れないからな。私と職人で味を研究して商品にしてるんだよ」

「ここでネット販売用のお菓子を作っているんですよね？　この人数で……？」

とてもじゃないけれど、そんなに大量のものを作れるスペースがあるようには見えない。人も足りないのではと思ってしまう。

「種類はそれほど多くないし、限定数で販売してるから、これで十分なんだよ」

「そうなんですか」

感心しながら頷いていると、お義父さんは嬉しそうに私に笑いかけてくれた。

そのあとも、お義父さんが工場の中を一緒に回ってくれて、そこにいる人たちとも挨拶をすることができた。工場の一角に事務所があり、壮介さんはそこと、みもと屋の一階にある実家の和室を使って仕事をしているということだった。

ひととおり見せてもらってからお店のほうへ戻り、割烹着《かっぽうぎ》やマスクなどを外して、裏手の水道で手を洗った。

「七緒ちゃんご苦労様。どうだった？」

厨房《ちゅうぼう》から出て来たお義母《かあ》さんが声をかけてくれる。

「ありがとうございました。いろいろ知ることができて本当によかったです。とても勉強になりました」

実際に見てみると、想像とは全然違うことがわかった。

よかった、と微笑んだお義母さんが、私の手元のハンカチを見た。

「あら、七緒ちゃん、それ可愛いわねえ。刺し子なんて懐かしいわ。そういうの売ってるのねぇ」

「いえ、これは自分で作ったんです」

「七緒ちゃんが作ったの!?」

「やり始めたらハマっちゃって……」

「ふきんしか知らなかったけど、こういうのもありなのねぇ。時間があったら私の分も、なんてお願いしてもいい？」

「ええ、もちろんです！　あ、でも私、そんなにうまくないんですけど……」

「そんなことないわ上手よ～。器用なのね」

見せて、と言った義母《はは》にハンカチを渡す。しばらくそれを眺めていた彼女が言った。

「ねえ、七緒ちゃん。誰か店頭のほうを手伝ってくれそうなお友達いない？　通販で売れてるのを店に置くようになったら急にそっちが忙しくなってねえ。今月でやめちゃう人もいるから余計に人が足りないのよ」

そのとき、私の母の言葉が頭を過《よ》ぎった。

「午前中だけでも構わないんだけど……」

「あの、お義母さん。私じゃ駄目ですか？」

「七緒ちゃんが？」

「最近家事にも慣れてきましたし、時間に余裕が出て来たんです。だから」

義母は私の提案に、う～んと唸《うな》って腕組みをした。

「七緒ちゃんが来てくれたら、それはとても嬉しいけど……壮介が嫌がるからねぇ」

「壮介さんに訊《き》いてみます。手伝ってもいいかどうか」

「その必要はないよ。母さん、余計なこと言わないでくれよ。七緒さん真面目なんだから本気にするでしょ」

私が言い終わらないうちに、いつの間にか事務所から戻って来ていた壮介さんが、お義母さんの後ろを通りながら言った。

「七緒ちゃんがやりたいならいいじゃないの」

お義母《かあ》さんが口を尖らせて言い返す。

「駄目だって言ってるの。さ、試食会の準備しよう」

壮介さんは私の二の腕を掴み、向きを変えさせた。店内へ引っ張って行き、お義母さんのいないところで私に問いかける。

「他に何か言われてないよね？」

「お義母さんに？　特に何も」

「そう。七緒さんがどうしても、って言っても、それだけは承知できないからね」

そこまで信用されていないのかと、涙が出そうだった。


試食会の準備が始まった。今日は店員さんはお休みで、事務所にいる社員の三人がここを手伝っているそうだ。私は試食用のお皿や湯呑《ゆのみ》を用意した。

事務所とお店を行ったり来たりしている壮介さんは本当に忙しそうだった。こういう彼の様子を見ていると、私が家でのんびりしていることが申し訳なく思えてくる。やっぱり少しでいいから、お店のお手伝いをさせてもらえないかな。ああは言われたけど、夜、お店のことも話してみよう。

「いらっしゃいませ」

「お招きありがとうございます」

お昼前から試食会が始まった。壮介さんは入り口に立ってお客様に挨拶《あいさつ》をしている。訪れているのは、みもと屋の仕事関係の方、商店街でお世話になっている方、ネット抽選で当たったお客さんなどだった。

知り合い同士の方も多いらしく、和気藹々《わきあいあい》とした雰囲気の中、私は湯呑にお茶を淹《い》れてお客様に渡し、挨拶をしていた。社員の人は数種類の新作和菓子を配っている。どれも見た目が美しい、少し先の初夏に合わせた和菓子だ。お義父《とう》さんとお義母さんはアンケートを配りつつ、お客様と楽しくお話をしている。入り口に立つ壮介さんは、こちらに来る気配はない。寂しいけれど、任せてくれたんだからしっかりお仕事しよう。

それほど広いわけではない店内は、人で賑《にぎ》わっていた。そろそろ、お菓子足りないかな？

「あの、和菓子もう少し出して来ましょうか」

「あ、そうですね。お願いしても大丈夫ですか？」

「いってきます」

「すみません」

私の声かけに社員の男性が頭を下げた。皆感じのいい人ばかりで安心する。さっき見せてもらったお義父さんたちが働く裏の厨房《ちゅうぼう》に、試食用のお菓子が並んでいた。トレーに移し替えて会場に急いで戻る。

「ありがとうございます」

「いえ、これでしばらく足りますよね」

「はい。奥様を使わせたりして申し訳ありません。古田さんに叱られちゃうな」

「そんなことないですよ。どんどん使って下さい」

恐縮した言葉に微笑んで返した。お茶のお代わりも勧めたほうがいいよね。会場の人たちは和菓子の感想を言い合い、その中においしいという言葉が飛び交っていて嬉しくなってしまう。

ポットのお湯を急須《きゅうす》に入れようとしたときだった。

「帯留め、もう外れないでしょ？」

顔を上げると、目の前に和服を着た、私よりも背の高い女性が立っていた。年上に見えたその女性は、大きな、きりりとした瞳で私を見つめている。髪の色は明るく、メイクも華やかだ。

「あの……この帯留めのことですか？」

蝶《ちょう》の形の帯留め。これは鎌倉で壮介さんに出逢ったときに着けていたものだ。

「ええ、裏の金具の部分が壊れていました。彼に修理を依頼したのはあなたなんでしょ？」

「いえ、私ではありません。というか、あの……帯留めが壊れていたなんて……知りませんでした」

「壮介くんから何も聞いていないの？　奥さんなのに？」

急に表情と声色を変えた彼女からきつい口調で放たれた言葉に、呆然とする。壮介、くん？

「ゆりさん。あ、お話し中ですね。あとでまた来ます」

「ああ田所《たどころ》さん、ごめんなさいね」

彼女に話しかけようとした中年の男性が去って行った。ゆりさん、という聞き覚えのある名前に心臓が嫌な音を立てた。……まさか。

「彼がその帯留めをうちの呉服店に持って来たのよ。どこに直しに行けばいいかわからないって焦ってた。ちょうど業者が来ていたからその場で頼んだの。とても大切なものだと言っていたけど、あなたのだったとはね」

それは、私が逃げ出した鎌倉の朝、壮介さんに電話をかけて来た女性の名前と同じだった。

「彼はそのいきさつを、あなたに何も？」

「え、ええ」

なるほどね、と頷いた彼女は、私の頭から足先までを舐《な》めるように見つめた。

「今のお話を聞いて余計に感じたわ。あなたたち、あまり仲がよくないのね」

お店の中はざわざわとしていて、私たちの様子には誰も気付いていない。もちろん、壮介さんも。彼女は周りに聞こえないような声で私に言った。

「今だって、夫婦で同じ場所にいるのにお互いそばに近寄ろうともしないじゃない？　彼があなたを皆に紹介して回るのかと思っていたのに、そんな気配すらないし。結婚式だってまだなんでしょ？　彼、一人息子なのに……変よねぇ？」

憐《あわ》れむような目で私を見た後、彼女はクスッと笑った。

「もしかして仮面夫婦なの？　なんてね」

「！」

「あら、図星？　それなら……壮介くんがあなたに、みもと屋さんを手伝わせないのも納得ね」

どういう、意味？

「私が壮介くんの妻だったら、あなたよりもずっと、しっかり彼をサポートできたのに残念。何でお見合いなんかして、あなたみたいな人と結婚しちゃったんだろ。私のほうがずっとふさわしいのに」

「やめて……ください。こんな場で」

「言いたいことは言ったわ。じゃあ、私は壮介くんに声をかけてから帰りますので。お邪魔しました」

ふいと私から顔を背《そむ》け、ゆりさんは壮介さんのもとへ歩いて行った。

……何も、言い返せなかった。

ゆりさんの放った、仮面夫婦、という言葉が胸に突き刺さって離れない。

壮介さんが頑なに私にお店を手伝わせないのも、彼の妻だと紹介されなかったのも、本当は認められていなかったから……

息が上手く吸い込めないくらいに、喉《のど》の奥が重苦しかった。

今さら好きになってもらおうなんて、夢みたいなことを考えていた自分の思い上がりに笑い出したくなる。

ふらりとお店の入り口へ近付き、壮介さんのもとへ歩み寄った。ゆりさんの姿は、もうない。気付いた彼が、私を誘って二人で外へ出る。

「七緒さん、そろそろ上がっていいよ。あとは僕と社員で大丈夫だから。ありがとう、すごく助かったよ、お疲れ様」

「……お疲れ様でした」

「そういえば、今夜普通に早く帰れるよ。さっき確認した」

「うん。でもやっぱり、もういいの。大丈夫だから、気にしないでお仕事してて」

何でもないという顔をして、彼に明るく返事をした。

「七緒さん、夜に話があるんじゃないの？」

「たいしたことじゃないの。壮介さん、夕飯カレーでもいい？」

「いいよ」

「あっためるだけだから。食べ終わったら、炊飯器の電源切っておいてね」

「早く帰れるって言ってるんだけど、話聞いてる？　七緒さん」

眼鏡の向こうから覗く壮介さんの瞳に、うん、と返事をした。

真冬の風が、私たちの間を通り抜けて行く。

「じゃあ、お仕事頑張って」

「七緒さん、何？」

「何って？」

「いや、何となく。……何でもない。気を付けて帰りなね」


電車に乗り、自宅のある駅で降りた。いつもの大きな商店街で八百屋さんに寄って玉ねぎと人参、お肉屋さんで牛肉を買う。サラダ用の野菜は冷蔵庫にあったはず。

家に着いて着物を脱ぎ、洋服に着替えた。カレーを仕込んでから洗濯物を取り込んで畳み、収納場所へしまう。掃除機をかけて、水回りの掃除を終えると、カレーはしっかり煮えていた。

火を止めて最後の味見。お米を研いで炊飯器のスイッチを入れる。

今の時間は四時半。雨戸を閉めて戸締りをした。二階に上がり、着替えを詰めたバッグを手にしてコートを羽織る。押入れの中にしまってある竹かごから、壮介さんにもらったネックレスの小箱だけを取り出して、鞄《かばん》に入れた。

静かに階段を下り、リビングのテーブルに便箋《びんせん》と封筒、そしてペンを用意する。何度も躊躇《ためら》ったせいか、失敗した便箋が数枚テーブルに散らばった。書き損じは丸めて、全て自分のバッグへ詰め込む。

いつの間にか、三十分も時間が経っていた。

書き上がった便箋を丁寧に折りたたみ、封筒に入れてテーブルの上に置いた。

もう一度戸締りと火の元を確かめ、玄関のドアを出て鍵を掛けた。空気が肌を刺すように冷たい。

リビングに残した手紙には、私の諦めていた気持ちを正直に書いた。隠さずに、全部。

今度会ったとき、壮介さんはこの手紙なんて読んでいないかのような顔をするかもしれない。今よりずっと、よそよそしくされるかもしれない。何より……全く必要とされなくなるかもしれないし、戻ることを拒まれるかもしれない。

でもこれ以上、隠していることのほうがつらかった。

〝壮介さんへ
顔を合わせると、うまく自分の気持ちが言えないので手紙を書きます。

私は壮介さんを振ったりしていません。

そんなふうに思ったことは一度もありません。

鎌倉で壮介さんに出逢って、たった一日で私はあなたに恋をしてしまいました。

あなたに抱かれながら胸が痛くて仕方がなかった。壮介さんが私を好きだと言ってくれて本当に嬉しかった。翌朝目が覚めて、あなたの寝顔を見て、好きで好きでしょうがないと思ってしまった。でも、その気持ちがいずれはあなたを困らせることになる。家を出たいあまりに早く結婚したいという、焦りをあなたに感じ取られて、面倒な女だと嫌われるのが怖かった。

そしてあなたには恋人がいるのだと勘違いし、それを確かめもせず、そのことに向き合おうともせず、あなたから逃げ出しました。

なのに、あの日家に帰ってからずっと後悔していた。あなたに会いたい。もう一度、木曜日に鎌倉へ行けば会えるだろうか、とまで考えました。

お見合いであなたと再会できたのに、そこでも素直に自分の気持ちを伝えられなかった。

本当は今でも出逢ったときのように、壮介さんのことが好きです。大好きです。

でも、やはり他人から見ればぎこちない関係なのでしょう。今日試食会にいらした方に、私たちの夫婦関係について疑問を持たれてしまいました。壮介さんが私にお店を手伝わせないのは、こんなふうに、他の方に不自然だと思われてしまう場合があるからなのだろうと気付きました。

これではいけない、と反省しています。

今後、壮介さんの妻としての役割をきちんと果たすために、この余計な気持ちを捨てて形だけの夫婦として徹することができるように、しばらく実家に帰って頭を冷やしてきます。

一週間したら必ず戻ります。それまで待っていて下さい。　七緒〞

＋　＋　＋

一枚の布を手に、キッチンにいる母へ声をかけた。

「おはよ」

「おはよう……って、ちょっと七緒、ものすごい顔になってるけど、大丈夫⁉」

振り向いた母が、私を見てぎょっとした。

「大丈夫。ねえ、いる？　これ」

「あら可愛い。刺し子のハンカチじゃない。どうしたのよ、買ったの？」

ガーゼのハンカチを広げて見せる私のそばに、母はエプロンで手を拭きながら寄って来た。

「今作ったの」

「え！　もしかして、昨日帰ってからずっとこれやってたの？」

「うん」

実家に帰る用意をしたとき、バッグの中へ道具を詰め込んだ。まだやりかけだったガーゼも。

「だからそんな顔してるのね。顔腫《は》れてるし、クマがすごいわよ？」

「……だろうね。はい、お母さんにあげる」

「ああ、うん。ありがとう」

「ふきんあったら貸して。刺してあげるから」

「言い方が怖いわよ七緒。でも、お願いしようかしらね。ここの引き出しに入ってるふきん、新しいのだからいいわよ」

引き出しの中をごそごそと探る。まっさらな白いふきんが五枚出てきた。大き目だし、これならここにいる間も集中できそう。

「お昼ご飯作ったんだけど、食べる？」

母が私の顔を心配そうに覗き込んだ。

「少しだけ食べよう、かな。顔洗ってくるね」

洗面所へ行って驚いた。本当だ。鏡を見たくないほどひどい顔してる。だけど昨日ここに帰ってきてから、しばらくはずっと枕に突っ伏して泣いていたから、こうなるのは当たり前かもしれない。

今日は日曜日で父の仕事は休みだ。三人でダイニングテーブルに着いた。

「久しぶりだなぁ、七緒と三人で食事なんて」

「そうねぇ。たまにはこうして帰ってらっしゃいよ七緒。いい気分転換になるでしょ？」

「うん……そうだね。ありがとう」

突然帰って来た私に、理由を訊《き》こうとしない両親の気遣いが嬉しかった。

壮介さん、昨夜カレー食べたかな。朝はいつも通りの時間にちゃんと起きられた？

今日のお昼はどうしただろう。それよりも、手紙、読んでくれたかな……

気付けばさっきから、そんなことばかり考えている。

午後は部屋には行かず、ダイニングテーブルで刺し子をしていた。何時間も集中して目は痛くなってきたし、肩も凝《こ》ってきたというのにやめられない。

夕飯前、コンビニへ行って帰って来た父が、手を動かし続ける私の前に立った。

「あ、お帰りなさい」

こちらを見て難しい顔をしている。

「どうしたの？」

「七緒、お前に手紙が来てるぞ……。古田さんからだ」

「え……」

差し出された封筒を受け取る。住所も何もなく「七緒様」とだけ書かれていた。差出人は古田壮介。彼の文字に胸が震えた。

「直接届けに来たのか？　それ」

「多分……そういうこと、だよね」

カウンターキッチン越しに父と私のやり取りを聞いていた母がキッチンを飛び出して、私の横にやって来た。

「ちょっと、離婚届じゃないでしょうねぇ」

「昨日の今日でそんなことあるか。母さん、余計なことを言うな」

お父さんがお母さんを窘《たしな》めた。

「……読んでくる。読み終わるまで、部屋に来ないでね」

テーブルに広げた刺し子の道具はそのままに、ハサミだけを持って立ち上がり、私は部屋へ駆け込んだ。

元々私の部屋だったこの場所。壮介さんと結婚するときに不要な家具は全て処分したため、お客さん用の布団一式がクローゼットに入っているだけだ。

床の上に敷いてあるラグマットの上にぺたんと座り、封筒を眺める。どうしよう、開けるのがすごく怖い。まさか本当に離婚届だったら……

嫌な考えを振り払うように、思いきって封筒の端へハサミを入れて切り落とした。中には一枚、壮介さんからの手紙が入っていた。

〝七緒さんへ
木曜日の午後一時。鎌倉駅で待っています。いつまでも。壮介〟

見慣れた彼の文字でたった一行、そう書いてあるだけだった。

「木曜日、鎌倉で……？」

どういう、こと？　壮介さんの仕事の休みは木曜日。彼に出逢ったのも木曜日に訪れた鎌倉だった。

あの場所で、彼が私を待っている――

バッグの中からローズのネックレスを取り出し、そっと握りしめた。

＋　＋　＋

昨日まで寒い日が続いていたけれど、今日は朝から春のような陽気だった。

早く会って、手紙の意味を知りたい。逸《はや》る気持ちを抑えながら、鎌倉駅の改札を抜ける。平日なのに人が多くてなかなか彼を見つけられない。私のほうが早かった？　そう思ったとき、和服姿の人がこちらへ来るのがわかった。

「壮介さん……！」

小走りで彼のもとへ急ぐ。彼もまた私に近付き、触れられる距離まで来たとき、二人同時に立ち止まった。

「来てくれて、ありがとう」

壮介さんが微笑んだ。

「着物、着たんだね」

「壮介さんも」

「せっかく鎌倉で待ち合わせるんだからと思ってさ。七緒さん、昨日家に来てたんだね。帰ったら家の中が綺麗になっていて驚いたよ」

「私も鎌倉なら着物でと思って、昼間取りに行ったの。お正月にお義母《かあ》さんにいただいたものなんだけど、春に近付いたからこれを着たくて。お掃除は、ついでだったから……」

ラベンダー色の更紗文様《さらさもんよう》の小紋に、薄桃色をした花の刺繍《ししゅう》の洒落《しゃれ》袋帯。淡いクリーム色の帯揚げに、帯の色に似た帯締め。全体的に春を意識した淡い色にまとめた。とはいえ、まだ大判のショールは手放せない。手袋もバッグに忍ばせている。

「手紙、ありがとう、七緒さん」

彼の呟きに、ずきっと胸が痛んだ。手紙を読んだ壮介さんが私をどう思ったのか、この一週間ずっと悩んでいたから。

「詳しく返事を書くよりも、七緒さんに直接会って……出逢った鎌倉でゆっくり話がしたいと思ったんだ。移動しようか」

「……はい」

若宮大路《わかみやおおじ》に出て段葛《だんかずら》に上がった。八幡宮のほうへと向かって歩く。

「ここ、桜並木なんだね。咲くのは一か月後くらいか」

まだ蕾《つぼみ》すら付けていない桜の木を仰いだ壮介さんは、立ち止まって私を振り向いた。

彼はお正月に着たウールの着物に黒い羽織《はおり》、首に暖かそうなマフラーを巻いている。

「それ、僕が京都のお土産《みやげ》で買って来たのじゃない？」

まとめた髪に飾った、つまみ細工の三輪桜に彼がそっと触れた。

「そうなの。桜は少し早いんだけど」

「よく似合ってる。綺麗だよ」

さらりと言った彼の言葉に、一瞬で頬が熱くなる。今までとは違う微笑みに戸惑ってしまう。

「これもだね」

贅沢《ぜいたく》な象牙《ぞうげ》の帯留めを、彼が指差す。

「ネックレスとお揃いに見えるかと思って」

「ああ。思った通り、すごくいい」

満足げに笑った壮介さんが私の手を取り、強く握った。

段葛を下りてバス通りを渡り、大きな朱《あか》い三ノ鳥居前を通って、鶴岡八幡宮の境内《けいだい》を進んだ。

「ここにしようか。寒くない？」

「うん。今日は暖かいから大丈夫。壮介さんこそ、平気？」

「たくさん中に着込んで来たから、大丈夫だよ」

広い池のそばにあるベンチに座る。ここにも大きな桜の木が並んでいた。どこからか飛んできた鳥が池に降り、美しい波紋が広がった。私たちの上に、春のように穏やかな日が降り注いでいる。

「七緒さんと僕が初めて逢ったときのこと、覚えてる？」

尋ねる彼に、あのときのことを思い出しながら答えた。

「覚えてます。浄妙寺のお茶室で、私の斜め後ろに壮介さんが座ってたの」

「違うんだ」

「え？」

「本当はもっと前に逢ってるんだよ、僕たち」

「もっと、前って……？」

「やっぱり覚えてないよね」

苦笑した彼は池の遠くを見つめ、話を続けた。

「去年の六月下旬の木曜日に、仕事で鎌倉に来たんだ。電車が遅れて、取引先との待ち合わせの時間がぎりぎりになってね。慌てていた僕は、駅の改札を出てスマホに目をやった瞬間、人にぶつかって鞄《かばん》を落とした。相手に謝ってから、鞄を拾おうとして振り向くと、そこに和服姿の女性がしゃがんでいたんだ。誰だかわかる？」

私の顔を覗き込むようにした壮介さんに、顔を横に振って返事をした。

「七緒さんだよ」

「……私？」

「鞄《かばん》から飛び出したボールペンを拾ってくれた七緒さんが『大丈夫ですか？』って、優しく声をかけてくれたんだ。僕ときたら綺麗な君に見惚《みと》れて、返事もろくにできなかった」

六月の下旬って、私が初めて着物で鎌倉に訪れた日のこと……？

「そんな……覚えてない、私……」

声が震えた。

「いいんだよ」

膝の上で手を組んだ壮介さんは、少し前かがみになって話を続けた。

「何となく、次の木曜の休日もまた、同じ時間に鎌倉にでかけた。もしかしたらもう一度君に会えるかもしれない、なんて軽い気持ちでね。駅の改札を出た所にしばらくいたんだけど、その日は猛暑日ですごく暑かったんだ。これじゃあ会えるわけもないか、って諦めたときに、七緒さんが前を通り過ぎた」

ひどい暑さで気分が悪くなった、あの日だ。

「声をかけようと思ったんだけど、七緒さん結構足が速くてさ。さっさと江ノ電乗り場に行っちゃったから、慌てて追いかけて、一緒に江ノ電に乗り込んだんだ。長谷駅で降りた七緒さんを一度見失ったんだけど、一か八かで高徳院へ向かったら、そこに居てくれた。鎌倉大仏の大わらじのそばにある、あのベンチだよ」

顔だけ振り向いた壮介さんが小さく笑った。その瞳を見つめ返しながら思い出す。七月にそこを訪れていたと、彼に話したんだ。

「座っている君の、ひとつ隣のベンチに僕も座った。七緒さんは膝の上に手帖《てちょう》を広げて見たり、大仏のほうを向いてぼんやりしてた。ボールペンを拾ってくれたお礼を言おうか、そのあと食事にでも誘ってみようか、いろいろ考えたんだけど、緊張してなかなか声をかけられなかった」

「壮介さんが、緊張したの？」

「ああ。そのときにはもう、すっかり七緒さんに魅せられてたんだろうね。でも迷っているうちに、僕と七緒さんの間に人が座ったんだ。同時に立ち上がった七緒さんが、ツアー客の間に紛れて行ってしまった。僕もすぐ立ち上がったんだけど、ふと見たら、七緒さんの座っていた場所に手帖があって」

「あ……！　そこに忘れて……？」

「バッグにしまい忘れたんだろうね。手帖を拾って渡そうとしたんだけど、七緒さんがどうしても見つからない。和服で日傘を差した女性が何人かいて、何度も七緒さんと間違えたんだ。仕方なくベンチに戻って、君が手帖を探しに来るのを待つことにしたんだけど……」

「戻らなかった、のよね」

「うん。二時間待ったけど、七緒さんは来なかった」

苦笑した壮介さんが再び前を向いた。鳩《はと》の群れが円を描きながら空を飛んでいる。

「手帖《てちょう》のカバーに『nanao』の刻印がしてあった。僕が使う手帖と同じ刻印だったから、きっと君も自分の名前を入れたんだろうと思った。仕方なく諦めて、高徳院の受付に預けたんだけど、取りには行ってないんだよね?」

「うん。……だから前に壮介さん、手帖のことを訊《き》いて来たのね」

私の問いかけに、彼は頷いた。

「僕はそのときのことを……心の底から後悔した。なぜ声をかけなかったんだろう、もう二度と逢えないかもしれないのに、と」

後悔、という言葉が記憶を駆け巡る。首元のネックレスに触れ、彼にもらったときのことを思い出した。

「その翌週も鎌倉駅に行った。でも七緒さんは現れない。そんな偶然何度も起きるわけないのに、どうにかしてまた君に会いたかった僕は、こう考えた。七緒さんはどこかにいて、僕が見つけられなかっただけなのかもしれない。だったら逆に君の目を惹きつければいい、って」

胸に込み上げるものを抑え、彼の話をひと言も漏らさないよう、真剣に聞き続けた。

「同じ和服姿なら気に留めてもらえるかもしれないし、それをきっかけにすれば話しかけやすいんじゃないか。そう思った僕は、すぐに着物を作りに行って、そこで簡単な着付けを教えてもらい、着物に関する本まで買って、仕事の合間にそれを読んで研究した」

　書斎にあった、あの本のこと……？

「本当に、馬鹿馬鹿しいほど七緒さんに執着している自分がいて……笑われても仕方がないんだけど、そのときの僕は必死だったんだよ。着物を着て何度か木曜日に鎌倉へ行ったけど、結局七緒さんには会えなかった。僕も木曜が仕事で休みじゃない日があったしね。諦めかけたとき、母から見合いの話をもらった」

　私は十月まで鎌倉には行っていない。その間、壮介さんは何度も鎌倉に……

「もちろん受けるつもりなんてなかったんだけど、写真を見た瞬間、『結婚するかもしれない』って呟いてた。そばにいた母さんが驚いてたよ。すぐに七緒さんだと気付いて、母に見合い相手の名前を訊いて確信した。安永七緒さん。手帖に刻印された『nanao』と同じだったんだから」

　木々の間を抜けていく風に、彼の髪が揺れた。

「でも、見合い自体にはあまり期待していなかった。直前で断られる可能性だってある。そうしたら二度と会えない。そうなってからでは遅いと、僕は再び鎌倉へ行くことにした。もしもまた会えたら、そして僕が見合い相手だと気付いてもらえたら、それはそれで話が弾んで、見合いも上手く行くだろう、なんて楽観的な考えを持ってね。あとは……鎌倉で一緒に過ごした通りだよ」

壮介さんが私の手をそっと握り、こちらに顔を向けた。

「君にフラれたのはわかっているけど、それを承知で形だけの夫婦になろうだなんて……あんな言葉、本当は全部……嘘だ」

真剣な声で告げる、彼の言葉のひとつひとつが、私の心に沁《し》み込んでゆく。

「一緒に生活していれば少しでもまた好きになってもらえるかもしれない、いや、好きにさせてみせる、なんて思っていた。でもなかなか上手くいかなくて、何度もみっともないところを見せたと思う。ごめん、七緒さん」

浄妙寺のお茶室で視線を感じて振り向いた。

和服姿の彼と目が合って、一瞬時が止まったようだった。

浄妙寺から鎌倉駅へ向かうバスに一緒に乗っていたのも、それどころか和服を着ていたことでさえ、私の気を引くため……

今、首元にあるネックレス。これを私に渡したとき、あとからその場所に行っても巡り会えないかもしれない、後悔する、と彼は私に強い口調で言った。あの言葉は……壮介さん自身のことだったの？

――ななおさん……好きです。

──僕のこと、少しでも好きになってもらえたでしょうか。

ベッドの上で私に囁《ささや》いた、本当の意味を理解した途端、堪《こら》えていた涙が溢《あふ》れ出した。

「こんな僕でもいいと思ってくれるなら、この先もずっと、一緒にいて欲しい」

「私で……いいの？」

「七緒さん」

彼が私をそっと抱き寄せた。ベンチの上で座ったまま、抱きしめる彼の胸に顔を押し付ける。

「私……ごめんなさい。何も気付かなかった。本当に、全然……」

壮介さんの手に力がこもる。息苦しいほど、彼を好きだと思う気持ちで胸がいっぱいになっていく。

「初めて逢ったときから、ずっと……。結婚してから今までも、僕の気持ちは変わらないよ」

「私もなの。……私もずっと」

顔を上げて、好き、と伝えようとした唇に彼の唇が重なり、言葉を遮《さえぎ》られた。

それはまだ寒い冬の終わりに訪れた春の香りのように……掠《かす》めるだけの優しいものだった。

池の前から移動し、舞殿《まいどの》手前の手水《ちょうず》で手と口を漱《すす》ぐ。大石段を一歩一歩上がって、朱《あか》く美しい本宮でお参りをした。

「鳩《はと》の形してるよ、ほら」

「え？」

「上にある八幡宮の八の文字」

お参りを終えた階段を下りる手前で、彼が本宮の門に掲げられた神額《しんがく》を振り返って言った。

「ほんとだ。私全然知らなかった」

「僕も今知った」

二人で顔を見合わせて笑った。あ、やっと自然に笑えた。ほっとする胸の内を感じながら、彼に手を引かれて階段をゆっくりと下りていく。

「七緒さん疲れない？」

「うん。全然大丈夫」

「お腹は？」

「それほど減ってないんです。なんか」

「ん？」

「胸が、いっぱいで……」

何も入らない感じなの。うつむいた私の顔を、かがんだ彼が覗き込んだ。

「夕飯、早めに予約は取ってるんだけど。それまで我慢できる？」

「はい」

優しい声と温かい手が心にくすぐったくて、何だか照れくさい。

八幡宮から小町通りへ向かう途中、歩く速度を緩めた壮介さんが言った。

「店の試食会に来たゆりさんに、何か言われたよね？　七緒さん」

その名前に、心臓がどくんと鳴った。

「……どうして？」

ゆりさんのことは手紙に書いていない。彼に握られている私の右手のひらが、しっとりと汗ばんできた。

「見合いのときに七緒さんに言った通りで、彼女と僕は幼馴染《おさななじ》みという以外、何の関係もないよ」

「でも、あの人……壮介さんのことを」

「彼女がどう言ったのか知らないけど、それは七緒さんに出逢うずっと前の話。僕は幼馴染みとしてしか見ることができないって、彼女の好意はとっくに断ってる。向こうもそれで納得したし、もちろん付き合ってもいない。ただ……彼女、僕以外にフラれた経験がないらしんだ。彼女をフッた僕が先に幸せになっているのは、どうしても認めたくなかったらしくてさ」

「呉服店って、同じ商店街にあるの？」

「いや、少し離れた国道沿い。普段偶然会う、ってことはないな」

人の多い小町通りが目の前に現れた。

「鎌倉で七緒さんに初めて出逢った後、七緒さんとどうにか繋《つな》がりを持ちたくて着物を着ようとして、ゆりさんの実家の呉服屋へ行った。ほかに呉服屋を知らなかったし、一応、家族ぐるみでの長い付き合いだしね。そのとき、店にゆりさんはいなくて、別の店員に相談して着物を何枚か作ったんだ。彼女と会ったのは着物を受け取りに行って、久しぶりに再会したときだけ。あ、あと雪駄《せった》を買いに行ったときか」

握っていた手を一旦離した壮介さんは、私の指の間に自分の指を絡めてぎゅっと握り直した。

「着物を作ったときに連絡先として僕のスマホの番号を記入してたんだ。彼女はそれを見て、鎌倉での朝、電話をしてきたんだろうね。弟さんの式場の話が目的だったはずなのに。まさか彼女が七緒さんにひどいこと言うなんて、予想外だった」

「何で、ゆりさんが私に言ったこと……わかったの？　私、何も言ってないよね？」

「七緒さんが家を出た次の日、彼女がみもと屋に来たんだよ。奥さんどう？　なんて僕に変な訊《き》き方するもんだから、問い詰めたら全部話した。頭に来て二度と来るなって追い返したけどね」

私の顔を見た壮介さんが、手をさらに強く握った。

「僕ももう、彼女の呉服屋には行かない。って言っても、七緒さんと結婚してからは一度も行ってないんだけどね。親同士は付き合いがあるから、そこから僕の情報を得ていたみたいだ。父さんたちに話したら驚いてたよ。そういうつもりではなかったけど、七緒ちゃんに悪いことしたって」

「お義父《とう》さんたちは何も悪くありません。それに、ゆりさんが言ったことだって……当たってたもの」

私たち二人の関係を、見直すきっかけを与えてくれたのだと思うから。

「彼女、来月には金沢の有名呉服店へお嫁入りなんだってさ」

「そうなの？」

「弟さんが、その半年後に結婚して呉服店を継ぐらしいよ。だから彼女は本気で僕とどうこうなりたかったとかではないらしいんだけど」

小路《こみち》に逸れて人の少ない場所で立ち止まった壮介さんが、私に向き直った。

「そういうわけだから、彼女が言ったことは気にしなくていい。僕はさっき話した通り、七緒さんを見つけてからずっと君一筋だから。結婚後も、今までだって、ずっと」

壮介さんの眼差しを受け止めて、また涙が浮かぶ。

「って、ちゃんと伝えていなかった僕が一番いけないんだよな。ごめん、七緒さん。本当に」

「……ううん、いいの。もう」

こうして心に引っかかっていたことを、きちんとほどいてくれたことが嬉しいから。

路地にも素敵なお店がたくさんあった。可愛くパッケージされた手作り飴《あめ》を買い、千代紙が置いてあるお店を見て楽しんだ。行く先々で京みやげの髪飾りを褒《ほ》められ、そのたびに壮介さんは満足そうな笑顔で私を見ていた。

小町通りを出て鎌倉駅に向かう。

「ちょっと長谷に行かない？　ずっと気になっていたことがあるんだ」

「気になっていたこと？」

「七緒さんが一緒じゃないと駄目だからさ。江ノ電乗ろう」

車窓から見える空は、雲がかかり始めていた。長谷駅で降りると、さっきの暖かさは消え、寒さが増している。手袋を嵌《は》めて、ストールをしっかり肩に掛けた。ここへ来るのは秋に彼と出逢ったとき以来だ。

壮介さんは私を高徳院へ連れて行き、手帖《てちょう》を預けたことを受付の人に話してくれた。

「まだ保管してくれてたなんて信じられない」

「運がよかったのかもね」

彼が拾ってくれた手帖が、私のもとへ戻って来た。

大仏様にお参りをして、境内《けいだい》を二人でゆっくりと回る。

隣を歩く壮介さんの横顔を見つめる。私を探してくれたこの人を大事にしたい。自信の持てない卑屈な気持ちは少しずつ捨てていき、彼の気持ちに応えられる人になりたい。

「どうしたの？」

視線に気付いた彼が私を見た。

「ありがとう……壮介さん」

「え？」

「私を見つけてくれて」

驚いた顔をした彼は、黙って私の肩を強く抱き寄せた。

高徳院のあとは私の希望で、そこから近い鎌倉文学館を訪れた。まだ花の咲いていない静かなバラ園を歩く。

「このネックレスに付いていた名前が『古都に咲く花』だって、壮介さんが教えてくれたの覚えてる？」

胸元の小さなローズを指で触る。

「ああ、覚えてるよ」

「バラなんて鎌倉っぽくないような気がしてたんだけど、このバラ園があることを思い出したの。あのお店の近くだから、きっとそういう名前を付けたんだと思って」

「なるほどね。バラっていつ頃咲くの？」

「春は五月って入り口の看板に書いてあったと思う」

「それじゃあ、また五月に一緒に来よう」

着物の袖《そで》から覗く腕時計を彼が確認した。

「少し早いけど、冷え込んで来たし、そろそろ食事に向かおうか。予約は五時半なんだ。腹減ってる？」

「うん。もうお腹ぺこぺこだから、行きたい」

よし、と彼は私の手を取り、出口へと歩き出した。

文学館を出てタクシーを拾い、鎌倉山へ向かう。立派な門構えを通り、有名なローストビーフのお店へ入った。店内は豪華で上品な雰囲気が漂《ただよ》っている。

「予約していた古田です」

「お待ちしておりました。こちらへどうぞ」

落ち着いた内装の個室へ案内された。

「私、このお店初めてです。来たいと思ってたんだけど、なかなか機会がなくて」

「僕は二回目かな。仕事で会食に利用したことがある」

オードブルの中にある鯛《たい》のお刺身を味わい、彼が選んでくれたワインをひと口飲んで、気になっていたことを尋ねた。

「そういえば、鉄板焼きのお店で最初に私を外に待たせたでしょう？」

「え、あー……ああ、うん。そうだったね」

「窓際に座れるか確認したからだと思ってたんだけど、もしかして違った？　気になってたの、ずっと」

「予約を確認するとき、僕の名前を聞かれるのが何となく嫌だったんだ。自分で名前を言って七緒さんに気付いて欲しかったからさ。……怪しかった？」

「すごく怪しかった」

何だかおかしくて、二人でクスクスと笑ってしまった。

「壮介さん、今日裸眼なの？」

「いや。七緒さんと鎌倉で逢ったときもコンタクトしてたよ。君のことを見失いでもしたら大変だからね。普段は基本眼鏡なのは知ってるでしょ？」

「うん」

スープを飲み、この数日間のお互いのことを話した。心が通じて安心したせいか、和《なご》やかな雰囲気で話すことができた。

切り分けられたローストビーフが、美しく盛りつけられてテーブルへ運ばれた。口に入れた途端にお肉がとろけてしまう。ソースが絶品で、西洋わさびがいいアクセントになっていた。おいしいと喜ぶ私に、壮介さんはよかった、と何度も嬉しそうな顔をした。

「七緒さんをうちの店に置きたくないのは、僕の単なる我儘《わがまま》なんだけどね」

ローストビーフをほとんど食べ終えた頃、彼が突然静かな声で言った。急にその話を振られて背筋が伸びてしまう。

「自分が小さい頃、両親が一日中働いて土日も休みがなし、っていうのがちょっと嫌だったんだ。大人になってからは、あれだけ働いてくれた両親にとても感謝してるよ。でも自分の子どもが小さいうちは可哀想かと思ってさ。七緒さんには店に入らないで家にいて欲しいと思った」

「子ども……って」

「いずれはって、本気でそういう心づもりでいたんだよ、僕は。七緒さんと僕の子ども」

こちらを見た彼の視線に胸がきゅんとなった。そんなふうに考えていてくれたなんて。

「試食会に七緒さんを呼んだのは、仕事関係の人に僕の妻だって見せたかったからなんだ」

「私、逆だと思ってた。妻として私のことを紹介したくないんだって。そのことをゆりさんにも指摘されたの」

「全然違うよ。できれば紹介して回りたかったけど……七緒さんが嫌がるかもしれないと思ってさ。あの場にいてもらうだけでよかったんだ。お客さんに訊《き》かれる度《たび》に堂々と答えてたけどね。私の妻です、って」

「壮介さん」

嬉しくて、思わず涙ぐんでしまった。

「七緒さんこそ、帰りに声かけてくれたくらいで、僕のほうなんかチラとも見てくれなかったじゃない」

「え！　だ、だって忙しそうだったし、私ができることをきちんとしてようって」

「ありがとう。真面目な七緒さん」

零れ落ちそうになる涙をハンカチで押さえた。今まで悩んで苦しかったことが嘘みたい。

「私、嬉しい。今の話も、私たちの子どものことも……壮介さんがちゃんと考えててくれてたことが全部」

「僕が君に何も言わなかったのは」

グラスのワインは残して、彼はお水をひと口飲んだ。

「好きでもない男に、好きだ好きだってしつこくされるのは嫌だろうと思ってさ。でも七緒さんが、そのネックレスを大事にしてくれていたのを見ちゃったり、パーティーで僕のことを信じてる、なんて言ったとかってのを聞かされたもんだから、てっきり僕のことが好きなんだと思うじゃない。心の中で舞い上がってたんだけど、勘違いだったら馬鹿みたいだと思い直して、平静装ってた」

「だから口数が減ってたの？」

「そうだよ。周りからは不自然に見えてたって、七緒さんの手紙読んで気付いた」

照れ隠しなのか、彼はお水をごくごくと飲み干した。私も真似をして飲み干す。お互い表情を緩ませて微笑み合った。

本当のことを知ろうとするのは怖いけれど、その先にはとてつもなく嬉しいこともあるんだと、彼の口から出る言葉を聞く度《たび》にそう思えた。

「七緒さんとこのまま夫婦生活を続けるには、どうしたらいいか、いつも悩んでた。七緒さんに好きだなんて言ったら、途端に逃げられるんじゃないかって、毎日怖かったよ」

「怖いだなんて……。そんなに、私の何を気に入ってくれたの？　基本地味だし、いくら着物を着ていても目立たなかったと思うの。だからずっと不思議で」

「ホテル？」

「そう。そっちも予約入れてあるから今夜はそこに泊まろう。キャンセル待ちして、ぎりぎりで取れたよ」

「ホテルって、まさかプリンシパルの？」

「そうだよ。都合悪かった？」

当たり前のように訊《き》いてくる壮介さんに戸惑いながら、次の言葉を探した。

「でも明日のお仕事は？」

「僕は先週休みなしだったから、連休取らせてもらったんだ。何かあった場合は事務所から僕に連絡が入るから平気」

あの夜のことを……もう一度同じ場所でやり直せるんだよね？　だったらもう、胸につかえていることは、ここに全部置いていってしまおう。

「壮介さん、私ね」

「ん？」

「ゆりさんに……仮面夫婦なの？　って言われたの」

「ぶっ」

コーヒーを飲もうとした彼が、ごほごほと咳き込んだ。

「壮介さん、平気!?」

「だ、大丈夫。もしかして、そんなくだらない言葉に傷ついてた？　七緒さん」

「……うん。傷ついてた。すごく」

そうか、と頷いた彼がもうひと口、コーヒーを飲んだ。

「じゃあ今夜は正真正銘本物の夫婦だってことを、お互いにしっかり確かめ合わないとね」

「確かめ合う……？」

「そう。ベッドの上でしっかり」

「！」

彼の言葉を受けて体中が熱くなった。顔も首も真っ赤になっているはず。微笑んでいた彼が表情を一変させ、私を真っ直ぐ見据えた。

「あのとき、できなかったことをしたいんだ。どうしても。……朝まで、一緒にいてくれるよね？」

「……はい」

「ありがとう」

あのときできなかったことは、私にもある。……二人で一緒に見たかったもの。

時間を掛けた食事を終え、レストランでタクシーを呼んでもらい、ホテルへ向かう。

この辺りの山道はとても暗く、どこを走っているのかよく分からないまま、いつの間にかホテル前に到着していた。専用の坂道を上りきると、美しくライトアップされたホテルが現れる。鉄板焼きのお店の横を通り過ぎ、ホテルの入り口でタクシーを降りた。フロントで受付を済ませ、彼と部屋へ進む。美しいガラスの壁が連なる客室廊下を通り、部屋の鍵を開けた彼がドアを押して私を先に中へ入れてくれた。

部屋の匂いに触れた途端、あの夜が思い出されて胸が軋《きし》んだ。立ち止まった私を壮介さんが後ろからそっと抱きしめる。

「七緒さん」

「……はい」

耳元で囁《ささや》く壮介さんに返事をすると、彼は強い力で私の腕を掴み、自分のほうへと向かせた。

「もう遠慮しない。いいね？」

急に抱き上げられて、持っていたバッグが手から離れてしまった。お姫様抱っこをされてベッドへ連れて行かれる。ぶらぶらした足から草履《ぞうり》が脱げ、床に落ちて転がった。

「きゃ」

私をベッドに横たわらせた壮介さんは、自分の羽織《はおり》を素早く脱いでのしかかってきた。そして顔を近づけ、悪戯《いたずら》っぽく笑う。

「それで？　僕に聞いて欲しいことって何？」

「え？」

「さっきレストランで言ってたでしょ？　今聞くよ」

とっくに熱くなっている私の頬を、彼が指先でそっと撫でた。

「ここに泊まった朝……私先に帰ってしまって、ごめんなさい。あれは、壮介さんを振ったんじゃないの。違うの」

「うん。もうそれは手紙に書いてあったから、わかってる。あとは？」

軽く唇を重ねた壮介さんは、そこから私の頬に何度もキスをした。恥ずかしくなって肩を縮ませながら、言葉を紡《つむ》いでいく。

「壮介さんと……結婚しようと思ったのは、家を出たいとかそういうことの前に、壮介さんに会えなくなるのが嫌で、一緒にいたいと思ったから、返事をしたの」

「そういうのもっと聞きたい。教えて」

彼は私の耳から首筋まで、何度も唇を押し付け往復させた。彼の熱がそこから伝わる度《たび》に体がよじれ、ため息が漏れてしまう。

「ずっと、諦めてた。壮介さんの気持ちは私にはないんだから、今さら好きって言っても迷惑なだけだって」

「同じことお互いに思ってたんだね。……あとは？」

「壮介さんが京都に出張行くの、本当はすごく寂しかった……」

「うん」

優しく唇を塞がれた。柔らかくて温かい舌が入り込み、私の口の中の全部を何度も舐《な》められ、啜《すす》られた。

「あとは……？　訊《き》きたいこととか、ないの？」

溶けてしまいそうになりながら、やっと舌を放してくれた壮介さんの瞳をぼんやりと見つめた。

「迫らないって言ったのに、結婚してから……どうしてキスしたり、抱きしめたり……したの？」

「大好きな人が同じ屋根の下にいるんだから、何かしたくなるのは当然だよ。あれでも、精一杯我慢した上での愛情表現だったんだ。七緒さんには全然通じてなかったみたいだけど」

また唇を重ねられた。ついばむようなキスが、初めての夜を思い出させる。

「もっと教えて、七緒さん」

「あと、は……」

彼の手も唇も触れる何もかもが熱くて、何を言おうとしたのか忘れてしまった。

「それで……あの、あ、駄目……！」

着物の裾《すそ》に手を入れて、裾避《よ》けを大きくまくった彼の手が、露《あら》わになった私の太腿《ふともも》の内側に滑り込んだ。慌てて足を閉じるけれど、阻止されてしまう。下着まで丸見えで恥ずかしい。

「いいから、それで？」

ひらいた足の間に彼の膝が入り込み、どうやっても閉じさせてくれない。ぴったりと体を合わせられ、その感触だけで感じてしまった。

「それで、あの、ん……っ、あ」

耳の中を舐《な》められた。太腿から少しずつ上をなぞってくる彼の手に翻弄《ほんろう》される。いろいろ言いたいことはあったけど、私が彼に本当に伝えたいことは……

「壮介さんが、好き。……大好きなの」

「僕も大好きだよ。七緒さん」

耳から唇を離した彼が、私の顔を見た。

「それが聞きたかったんだよ、一番」

微笑んだのは一瞬で、彼は眉根を寄せて切なげな声を出した。

「七緒さん、好きだ」

「壮介さん……」

「七緒さん、七緒さん……！」

壊れそうなほど強く私を抱きしめた彼が何度も私の名前を呼びながら、額《ひたい》に頬に首筋に、唇を押し当て続けた。

初めて夜をともにしたとき、ななおさん、と私の名を、たどたどしく呼んでくれた声を思い出す。

ななおさん、ななおさん。

お見合いで再会したときも、結婚してからも、今もずっと……私を呼ぶその声は、何ひとつ変わってはいなかった。

今やっと、それがわかったの。私をずっと思ってくれていた、壮介さんの気持ちが。

大きく息を吐き出した彼が、顔を上げて言った。

「この勢いで七緒さんのこと抱きたいんだけど……自分が着るようになるとダメだね。手入れが大変なのがわかってるから、七緒さんの着物が気になってこれ以上は無理だ。それに上手く脱がせられないし」

静かに起き上がって、私の着物の裾を直してくれた。

「一回頭冷やしてくる。先にシャワー浴びるね」

「う、うん」

「あのときみたいに、脱いで待っててくれる？」

「はい」

軽く私の額《ひたい》にキスした壮介さんは、ホテルの浴衣《ゆかた》を持ってバスルームへ入った。

つまみ細工の髪飾りを丁寧に外して、デスクの上に置く。帯締めと帯留めも同じ場所に。帯をほどいて着物を脱ぎ、私も浴衣に着替える。全く同じ過程だけど、前よりも緊張しているみたい。でもきっと、あのときよりもずっとずっと、彼の心も体も愛せると思う。

壮介さんと入れ替わりにシャワーを浴びた。前にここを訪れたのが十月の終わりだったから、あれから四か月経つんだ……

バスルームを出て部屋に戻ると、ベッドに横たわって体に毛布を掛けていた彼が手招きをした。甘い期待に胸が震える。毛布を持ち上げた彼の隣に、静かにもぐりこんだ。

壮介さんは、何も言わずに唇を重ね、体をまさぐり、浴衣をはだけさせた。

「ん……んう」

どんどん深くなるキスに、声が漏れてしまう。私の肌に触れる彼の手と唇に全てを委《ゆだ》ねた。

……温かい。

言葉を交換しなくても、その強い感触から彼の私を思う気持ちが痛いほど伝わってくる。露《あら》わになっている鎖骨が腰が太腿《ふともも》が、その線をなぞる彼の指と舌を悦《よろこ》んで受け入れていた。お腹の奥がじゅんと湿るような心地になり、蜜《みつ》が止《と》め処《ど》なく溢《あふ》れ出てくるのを感じる。早くそこに触れて欲しい。

身に着けていた浴衣も下着も、お互いとっくにどこかへ行ってしまい、裸の体を押し付け合っていた。壮介さんの体温を直に感じ、以前体を重ねたときを思い出す。

今思えば、この温もりを数か月もよく手放していられたと思う。

「ん、んん……んっ」

唇を重ねながら、彼の指が私の足の狭間《はざま》でくちゅくちゅと水音を立てていた。私を奥深くまで味わうような壮介さんのキスに、体中のどこもかしこも蕩《とろ》けてしまっている。

唇を離した壮介さんは、胸の間に顔を埋《うず》めた。両胸を揉みほぐすようにして、先端に舌先を置いて舐《な》めている。

「ぁあ、あ……っ」

「気持ちいいんだ？　七緒さん」

「……そんなこと、訊《き》かな、いで」

前に抱かれたときも、壮介さんは執拗《しつよう》に私に問いかけてきた。

「いいから言いなよ、ほら」

「あっ！　だ、め……！」

片方をこねられ、もう片方に吸い付かれた。下腹を疼《うず》かせる刺激に貫かれて、彼の頭を抱きかかえる。胸の先端をちゅうちゅうと音を出して吸われ、舐め回されて……もう堪《た》えられない。

「い……いい、です……い、あっぁ……」

「七緒さん、こうするのも好きだよね？」

起き上がった壮介さんが私の両足を大きくひらかせ、そこへ顔を埋めた。避ける間もなく、彼の舌で広い範囲をべろりと舐《な》められた。

「ひぁ……っ、あ、や……んん……っ」

「もっと声、出していいよ」

柔らかい舌が中に入り込んでいる。あまりの快感に腰が何度もびくりと浮いた。唇を押し付けて蜜《みつ》を啜《すす》る壮介さんの鼻先が、一番敏感な硬い粒に擦《こす》りつけられた。

「あ、ど、してまた……それ、するの……っ……」

以前抱かれたときもたくさん舐められたのを思い出す。舐め続ける舌から逃げようとしても、両手で腰をがっちりと掴まれて動けない。

「七緒さんに気持ちよくなって欲しいから」

「恥ずかし、いから、だめ、やぁ……」

ぬるぬるとした舌が固い芽を捉えた。一瞬で達しそうになったそのとき、顔を離した彼が言った。

「……じゃあ、僕のも同じようにしてくれる？　そしたらお互い様だから、恥ずかしくないでしょ」

「え、あ」

途中で止められて、一層疼《うず》きが強くなった。

「無理にとは言わないよ」

震えるほどに壮介さんの舌が欲しくなった私に……拒否できるわけがなかった。彼もそれに気付いたのか、意味深に微笑んでいる。

「……無理じゃ、ないです」

体勢を変えた彼が、私の目の前に自分のものを差し出した。横向きで顔を近付ける。つるつるとした先端が濡れていた。恐る恐る舌でぺろっと舐めると、彼が腰を震わせて呟いた。

「咥《くわ》えて、くれると嬉しい」

私の太腿《ふともも》の前には、彼の顔。

「……うん、んっ……」

目を瞑《つむ》って口に入れる。すぐに口中がいっぱいになってしまい、どこまで入れたらいいのかわからない。このあと、どうしたらいいの……？　戸惑う私の手を壮介さんが取った。

「ここ、握って……こうやって動かしながら舌で舐めて」

目を開けて言われた通りに、その硬いものの根元をゆっくり扱《しご》いた。舌を、彼の形通りに這《は》わせてみる。

「あ……いいよ、七緒さん。僕も……舐《な》めてあげる。こっちの足上げて」

彼の顔の前で太腿《ふともも》をひらかされた。だらしなく濡れきっている狭間《はざま》を指で撫でられ、再び蜜口を舐められた。

「んっ！　んう、んんっ！」

気持ちがよくてつい、彼を強く吸ってしまう。こういうことをしている自分が信じられないけれど、大好きな人のだったら何の躊躇《ためら》いもないのだと知ってしまった。だって私、喘ぐ壮介さんの声が愛しい。口の中で震える熱い彼を、もっともっと溶かしてあげたい。そう思って自分から夢中で舌を使っているんだもの。

荒い息遣いの壮介さんが、私と同じように舐め続けてくれている。足の間に顔を深く埋《うず》める彼の髪が、ふわふわと触れて少しくすぐったかった。彼を吸って、私を吸われ、舐めて、舐められて……頭がぼんやりしてきた頃、彼の指が中に入っていった。

「んっ……！」

「七緒さんのナカ、熱くて柔らかくて……僕の指がどんどん呑み込まれる……」

一本、二本と挿《い》れられ、少しずつ奥に進んだ指が、お腹側を優しく刺激した。

「ふ、んあ……っあぁっ！」

一瞬頭が真っ白になってしまうくらいの快感が突き抜け、思わず口を離してしまった。

「ここがいいんだ？」

「だ、めっ……あっあっ……変になっ、あっ、ああっ」

ぐいぐいと刺激される度《たび》にわけがわからなくなり、背中を反らして喘いでしまう。彼の指遣いに追い詰められ、部屋の薄明るいオレンジの灯りが、潤《うる》む瞳にぼんやりと映っていた。

「七緒さん、僕も、して」

「うん、ん……んっ……ぅう」

大きく張り詰めている彼を再び咥《くわ》えて快感に耐えた。感じる度に、硬い根元を強く扱いてしまう。空いている方の手で、彼が私の頭を押さえた。

「七緒さん、駄目だ僕……出そう、離れて」

呟いた壮介さんは私の中に挿れている指を激しく動かし、硬い粒をちゅうちゅうと吸った。そんなことされたら、もう……！

「んー！　んん……っ」

「七緒さん、お願い、顔離して……もう出る……っ」

その言葉に逆らって顔を横に振りつつも、あまりの気持ちよさに私のほうが先に昇り詰めてしまった。壮介さんに舐められている場所を彼に押し付けながら、彼の硬いものに強く吸い付いて快感を逃さないようにする。と、ほぼ同時に低い声で呻《うめ》いた壮介さんが……私の口中で果てた。

「……七緒、さん……」

まだ大きいままの彼のものからゆっくりと口を離して、舌の上にのった恋しい人の液体をそのままにしていた。快感が私の全身を包んでいる。何度も大きく息を吐いた壮介さんが言った。

「ごめん……出していいよ、ちょっと待ってて」

起き上がった彼に触れて、首を横に振った。

「え、七緒さん」

私も体を起こし、そして……こくんと喉《のど》を鳴らした。真っ白いシーツが私の蜜《みつ》で濡れているのが視界に入る。一回では飲みきれなかったから、もう一度。

「飲んじゃったの？」

「……うん」

「気持ち悪くない？　無理しないでよ、七緒さん」

「壮介さんのだから、平気。大好きな人の……だし」

無理なんてしていない、本当の気持ちだった。味は……到底おいしいとは言えないものだったけれど、私に感じてくれたと思うだけで嬉しくて、自分から欲しくなったから。

「全然、気持ち悪くなんかない」

「あー……もう……！」

私をぎゅうと強く抱きしめた彼が、そのままベッドに押し倒した。ベッドマットが大きく軋《きし》んで体が跳ねてしまう。腕の中に閉じ込められたまま視線を合わせると、突然激しくキスをされた。達したばかりのそこが再び疼《うず》き始める。

「そんなこと言われたら、またすぐにしたくなるじゃない、ほら」

「あ」

手を掴まれて導かれた先に、再び硬く大きくなっている彼自身があった。

「好きだよ、七緒さん。大好きだ、愛してる、愛してるんだ……！」

「きゃ」

私の両腕を強く掴んでベッドに押し付けた壮介さんが、そこら中、滅茶苦茶に唇を押し付けた。私を求める熱い息遣いに溺れそう。ううん、溺れたい。

「私も好き……！　もっとして、壮介さん……！」

ねだる私の顔を覗き込んだ彼は、息を切らしながら要求した。

「じゃあ七緒さんも言って」

「……何を？」

「僕のこと、愛してる？」

突然、いつものように、にっと笑われて恥ずかしくなった。

「早く」

「あ、」

「ん？　何？　聞こえない」

意地悪く笑う壮介さんの瞳を見つめて、小さな声で精一杯答えた。

「愛して、ます」

「……僕もだよ、七緒さん」

目を細めた彼が、優しく抱きしめてくれる。

大好きな人と愛を囁《ささや》き合って、体を重ねて、確かめ合って……こんなにも幸せで、いいの……？

「もう七緒さんの中に挿入《はい》りたい……挿《い》れてもいい？」

壮介さんの言葉に頷いた。以前泊まったときと同じ、ベッドサイドに用意してあったらしい避妊具を手にして封を開けようとした彼に声をかけた。

「待って。あの―」

「ん？　まだ駄目だった？」

「そうじゃなくて、壮介さんが嫌じゃなければ、それ……つけないで」

「え……いいの？」

「うん」

「僕は嬉しいけど七緒さん、本当にいいの？」

「いいの。壮介さんのこと……全部欲しいから」

言い終わらないうちに唇を奪われた。あまりに激しい彼のキスに心と体が高揚し、涙がひとつ、ぽろりと零れた。

「ごめん、苦しかった？」

気付いた壮介さんが心配そうに顔を覗き込み、頬に伝った涙を拭いてくれる。

「違うの。幸せだと、勝手に出るみたい。前もそうだったの」

「……そうか。嬉しいよ」

安心したように穏やかな声を出した壮介さんは、今度は優しくキスをして、長い時間私を味わった。溢《あふ》れる蜜《みつ》の収まらないところを早く埋めて欲しくて、壮介さんの首に腕を絡ませる。私のおねだりに応えるように、彼はそこへ大きく屹立《きつりつ》したものをあてがった。濡れそぼった柔らかな場所が、彼を呑み込んでいく。

「あ……あぁ、あ」

ずっとしていなかったから不安だったけれど、満たされた心と、既に悦《よろこ》びに浸《つ》かっていた体のせいか、すんなりと彼を最奥まで受け入れてしまった。

「痛く、ない？」

「ん……大丈、夫……」

「……七緒、さん」

苦しそうに名前を呼ぶ吐息が耳にかかる。ついさっき私の口の中にいたものが、今度は体の奥の奥までいっぱいにしている。その充足感に再び涙が溢《あふ》れそうになった。彼は私を強く抱きしめて、ゆっくりと腰を動かし始めた。

「ずっと……こうしたかった」

覆い被さるようにして私を包んでいる壮介さんが、眉根を寄せた。

「毎晩、君の横で……君の寝息を聞きながら、僕がどうしてたかわかる？」

「わか、わからな……い」

「鎌倉で抱いた君のことを思い出してた。あの夜触れた肌も、髪も、匂いも、すぐ隣にあるのにどうしてこんなに……遠いんだろうって」

胸がぎゅっと切なくなった。私も、壮介さんの存在が遠いと思っていた。手が届くところにあるのに……って、いつも、いつも。

「ぁあ！　……ぁっ」

動きを速めた壮介さんの背中に手を回す。もっともっと感じたくて、腰を浮かせて彼の体に両足を絡めた。もっと近くに、もっと奥に、彼の全部が欲しい。

「う……七緒さん……締めすぎ……！」

一度動きを止めた壮介さんが、耳に唇を押し付けた。

「だから今……すごく幸せだよ」

「私、も……幸せ……とても」

甘い囁《ささや》きの余韻に浸《ひた》る間もなく、激しく腰を打ちつけられた。久しぶりなのに何の痛みも苦しさもない。切ない快楽を求める私に気付いた壮介さんが、体を起こした。私の両膝の裏を持ち上げてさらに激しく突き始める。

「あ、いや……！　恥ずかし、あ、やめ、てぇ……！」

繋《つな》がる部分が目に入ってしまい、羞恥《しゅうち》に眩暈《めまい》を感じて固く目を閉じた。……でも彼には見られているんだ……気付いた途端、余計に蜜《みつ》が溢れ出て、ぐちゅぐちゅという水音が響き渡った。耳も塞いでしまいたいくらいに恥ずかしい……！　せめて声を出さないようにと唇を噛みしめたのに。

「七緒さん、さっきみたいないやらしい声……もっと聞かせてよ」

「！」

悶《もだ》える私の心の中を悟ったかのような言葉に、どこかへ堕《お》ちていきそうになった。知らない快感に襲われる。なおも突いてくる彼の腕を強く掴んで、いやいやと首を横に振る。

「ほんと、にもう、あ、壮介さ、ん……！」

「もっとだよ、七緒さん……！」

膝裏から手を離した壮介さんが再び私に覆い被さった。私の下腹へと手を伸ばし、繋がっている所の少し上にある膨れ上がった小さな芽を指で擦《こす》り上げた。

「ひ、ぁ……っ、ああっ」

痺れるような刺激が私の全身を突きぬけ、内壁が彼をぎゅーっと強く締めつけたのがわかった。

「七緒さん、出すよ……！」

全てを揺さぶられながら彼の瞳に頷いて返事をした。また、何かが来てる……奥から、また……！

「壮介さん、壮介さん……！　私また、いっちゃ……う！」

「愛してる、よ、七緒さ、ん……く……っ」

「私、も……愛してる、ぁ……ああ……！」

駆け上がり味わったことのない大きな快楽に身を投じた。反らせた背中がびくびくと揺れ、目の前がちかちかとして、彼の呻《うめ》き声だけが耳を支配する。

ふわりと、何かが香ったような気がした。

それは壮介さんと出逢ったお茶室の匂いだったかもしれないし、高徳院でぶつかって初めて触れたその匂いだったかもしれない。もしかすると……駅で彼のボールペンを拾った、梅雨《つゆ》時の湿った香りだったかもしれない……

恍惚《こうこつ》に気を失いそうになりながら、奥に広がった彼の熱をじんわりと感じて……この上ない幸せに陶酔《とうすい》した。


ぐったりとした体をシーツに預け、しばらくまどろんでいた。暗めの間接照明が優しく部屋を照らしている。使い捨てのコンタクトは外してしまったから、余計に薄ぼんやりとした空間に見えた。

私を抱きしめていた壮介さんが体を起こした。

「なんか、寒い……。空調の温度、上げていい？」

「うん」

やっぱり寒がりなんだよね。いつもと変わらない彼の様子に頬が緩む。ベッドサイドにある空調のつまみを調整し、戻った彼が再び私を優しく抱きしめた。お互い何も身に着けていない肌が、温かくて心地いい。

「さっき、ありがとう」

「え、なあに……？」

「いや、七緒さんがまさか、僕のを……飲んでくれるとは思わなかったからさ。もちろん初めてだよね？」

「うん。上手にできなくて……ごめんなさい」

「そんなことないよ。気持ちよかったし、あの七緒さんが僕のためにって思ったら興奮しちゃって……出すつもりなかったのに我慢できなかった。ていうか、七緒さんは処女だってことにコンプレックスあったみたいだけど」

優しく髪を撫でながら、子守唄のように言葉を紡《つむ》いでくれる。

「さっきも言ったように僕は幸せだよ。憧れていた人が、誰も触れていなかった大切なものを僕に全部くれたんだから、こんなに嬉しいことはないよ」

「本当に……？」

「本当だよ。君が初めてだってわかった瞬間、心の中でガッツポーズしてた、って言ったら笑う？」

「……笑うけど、すごく嬉しい」

額《ひたい》を合わせてクスクスと笑った。心につかえていた塊《かたまり》が、彼の言葉に溶かされて泡のように消え去っていく。

「一緒に暮らし始めて最初の夜にさ」

「うん」

「七緒さんと同じ部屋に寝たのは何でか、わかる？」

突然部屋に布団を持ち込まれて驚いたのを思い出した。それ以来、具合の悪いときを除いて、彼はほぼ毎晩私と同じ部屋で寝た。

「私がホームシックになると思ったから、でしょう？」

「違うよ」

「ち、違うの？」

「朝起きて、また七緒さんがいなくなってたら嫌だったからだよ。まぁ、朝も寒さも苦手だから結局なかなか目は覚めなかったけど」

またひとつ、本当の理由を聞いた私の心が幸せで満たされていく。

「ごめんなさい。ずっと、そんな思いさせて」

「いや、もういいんだ。……さすがに明日の朝は、いなくならないよね？」

「もう絶対にあんなことしません。ずっと壮介さんの隣にいるから。ずっと」

「……うん」

安心したのか、目を閉じた壮介さんは、あっという間に寝息を立ててしまった。私も温かい彼の腕の中で、そっと瞼《まぶた》を閉じた。

ベッドを下り、くしゃくしゃになっていた浴衣《ゆかた》に袖《そで》を通して、バッグから眼鏡を取り出した。ベッドサイドのデジタル時計は朝の八時を表示している。

窓辺へ行き、カーテンをほんの少し開けて外を眺めた。空の水色が海に反射して輝いている。

「綺麗」

呟いたそのとき、ベッドが軋《きし》む音がして後ろから声をかけられた。

「おはよ」

振り向くと、壮介さんがベッドの上でこちらを向いて眠そうに目を擦《こす》っている。

「あ、おはよう。起こしちゃった?」

「んー、大丈夫……」

「ね、壮介さん。外、雪が積もってるの。うっすらとだけど」

「ほんと? ……夜中寒かったよね。まだ降ってる?」

「ううん。もう止んでる。すごくいい天気」

「僕も見たいな」

毛布をめくって起き上がった壮介さんに、拾い上げて畳んでおいた浴衣《ゆかた》を渡す。浴衣を着た壮介さんは、信玄袋の中から眼鏡を取り出した。さっきの私と一緒の行動に思わず笑ってしまう。

彼は私のそばに来てカーテンをさらに大きく開け、外の景色を見た。ホテルは淡雪を纏《まと》っている。窓の外には湘南の海が広がり、遠くには江の島。目を凝《こ》らすと富士山が見える。高い所でとんびが鳴いていた。

壮介さんが後ろから私を抱きしめる。

「私ね、一人でここを出たとき、ホテルの前の坂道を下りながら思ってた。壮介さんと一緒に、この綺麗な海を見たかったって」

「僕も、こうやって七緒さんと一緒に朝の海を部屋から見たかった。やっと叶《かな》ったよ」

「それが、あのときできなかったこと？」

「そう、七緒さんと同じ。これで満足」

頬にキスしてくれた彼を振り向き、背伸びをして唇にキスを返した。

お互い着物に着替えて身支度を整え、部屋を出た。

海側の全面が窓になっているレストランでバイキング形式の朝食をとる。大きく広がる目の前の海と空の素晴らしい景色に、胸が躍《おど》った。

その場で作ってもらえる、しらすの入ったオムレツがとてもおいしい。パンを頬張りオレンジジュースを飲んでいる私に、彼が封筒を差し出した。

「七緒さん、これ」

「……何？」

「七緒さんがホテルの部屋に、書置きと一緒に置いていったお金だよ」

「え！」

私の前にそれを置いた壮介さんが、苦笑した。財布に残っていたお札を全部置いて行ったことを思い出す。

「願掛けみたいにして、ずっと取っておいた。こうして一緒にいることが叶《かな》ったら返そうと思って」

「そんな……受け取れない、私」

「駄目。あれは元々僕が誘ったんだから、いらないの」

彼はなおも封筒を差し出してくる。

「でも」

「じゃあこうしようよ。今度、そのお金で僕のこと誘って。食事でも映画でも何でもいいから。それまで持っててよ」

「うん、それなら預かります」

封筒を受け取り、自分のバッグへ入れた。

彼の誠実な気持ちが嬉しかった。約束通り、彼を誘ってどこかへおでかけしよう。もう変な気は遣わないでいい。好きだという気持ちを押し込めなくていい。隣にいて甘えて、上手くできるか自信はないけれど、少しの我儘《わがまま》も言ってみよう。

これからやっと、始められる。

ゆったりとくつろいだあと、ホテルを出た私たちは手を繋《つな》いで同じ家に帰った。

＋　＋　＋

「……ねむ」

カブが入ったおだしに味噌を入れながら、大きく口を開けた。朝起きて何回目のあくびだろう。

壮介さんと夢のような時間を鎌倉で過ごしてから一週間。

彼はその間、堰《せき》を切ったかのように私を求めてきた。毎晩抱かれてしまい、寝不足の日々が続いている。今頃になって、友人の美月が忠告した意味を実感することになるとは。

無理しちゃ駄目と美月は言っていたけれど、できるだけ彼の気持ちに応えたいし、幸せな甘い時間を共有して浸りたいという気持ちのほうが勝っていたから……寝不足でもいい。なんて、つい思ってしまうんだよね。

「おはよ……」

「お、おはよう。壮介さん」

今考えていた人の声がして、肩がびくっとなってしまった。やっぱり私が起こす前に起きて来るのに変わりはない。半纏《はんてん》を着て眼鏡を手に持っている彼は、ぼーっとその場に立ち尽くしていた。

「どうしたの？」

炊飯器の蓋《ふた》を開けようとした、そのとき。

「七緒さん……」

「あ」

後ろから私を抱きしめた壮介さんが、首筋に唇を押し当てた。彼の優しい感触に感じてしまい肩を縮めると、今度は耳にキスしてくる。

「んっ、あ……」

昨夜の余韻が残っているのか、私の体中が壮介さんの唇に反応し始めた。お休みの日じゃないんだから、朝からこんなの、駄目。

「壮介さん、駄目。落としちゃうから、ね？」

慌ててお茶碗としゃもじを台に置く。

「嫌だ。こっち向いてよ、七緒さん」

「……もう」

小さくため息を吐《つ》いて壮介さんの腕の中で振り向くと、ぎゅーっと強く抱きしめられた。大好きな彼の匂いでいっぱいになり、すごく幸せなんだけど、寝惚けているのか力が強くて少し痛い。

「七緒さん」

壮介さんは私の頬に自分の頬をすりつけてきた。

「く、苦し……ほっぺ痛い」

「あ、ああ、ごめんごめん」

満足したのか、あっさりと私から離れた壮介さんは和室へ歩いて行った。

「コタツ、入ろっと」

目で追うと、彼はコタツのスイッチを入れていた。

「壮介さん」

「んー？」

嬉しそうにコタツ布団の中へ転がった彼のもとへ、お味噌汁とご飯を運ぶ。

「三月になったら片付けてもいい？　コタツ」

「七緒さん、何言ってんの!?　まだに決まってるでしょ、まだに！」

「ご、ごめんなさい」

すごい勢いで起き上がった彼に、思わず謝ってしまう。

「七緒さん、頼むからそんな恐ろしいこと言わないでよ～。三月だって雪が降ったりして、まだまだ寒いんだよ？」

「いつ頃片付ければいいのか知りたかったの」

「ゴールデンウィーク明けまでは駄目」

「え、そんなに⁉」

うんと頷きながら、彼はカブのお味噌汁を啜《すす》った。今朝はだし巻き玉子、焼きししゃも、切り干し大根の煮物、納豆に刻んだしば漬けを入れたものを用意した。

「長い間、七緒さんとコタツでいちゃいちゃしたいし」

「コ、コタツじゃなくても……いちゃいちゃ、できると思うんだけど」

「コタツがいいの」

ゴールデンウィーク明けって、ずーっと先だよね。その頃はさすがに暑いんじゃ……でも、仕方ないか。寒がりの彼が可愛く思えてきたのも確かだし。

「そうだ、これお義母《かあ》さんに」

紙袋に入れたものを彼に差し出した。中にはガーゼのハンカチが三枚入っている。

「遅くなってすみません、って渡しておいてもらえる？」

「何これ」

「刺し子っていう刺繍《ししゅう》をしたハンカチなの。作って欲しいって言われてたから、調子に乗って三枚も作っちゃった。喜んでもらえると嬉しいんだけど」

ああ、と頷いた彼はそれを受け取り、座布団の横に置いた。

「前、母さんにそういうハンカチ渡してたよね？　七緒さんに返しておいて、って渡されたんだけど、ずっと実家に置きっぱなしにしてた。ごめん」

「ううん。よければ、それもお義母さんにあげて」

「それがさ、店に来る常連さんたちに、そのハンカチを見せて自慢したらしいんだよ。そしたら、その人たちも作って欲しいって言ってるんだってさ」

「ほんとに？　でも全然まだ上手にできないんだけど、いいのかな……」

「代金は支払うって」

「そんな、お金はいりません」

そういうのは駄目だよ、と壮介さんが優しく言った。だって本当にお粗末なんだから、お金なんていただけないのに。ご飯を口に入れ、彼の言葉に頷けないでいた。

「七緒さんがよければ、それを店に置いてみたいって母さんが言ってるんだけど、どうする？」

「ええ！」

「そんな大げさに考えなくていいよ」

壮介さんは玉子焼きを口に入れた。おいしい、と何度も私に言ってくれる。

「でも、私がお店に関わるのは駄目、でしょう？」

「別にいいよ。七緒さんが店で働きたいって言うなら、それもいいよ、もう」

「急にどうしたの？」

「いや、ちょっと考えを改めたんだ。七緒さんの人生なんだから、やりたいことを僕が妨げるのはよくないかなってさ」

ご飯を食べ終えた彼は、お味噌汁を飲み干した。

「私、お店には入りません」

私は、あれから自分なりに考えていたことを今はっきり口にした。私を思いやってくれる、その気持ちだけで十分だから。

「いいの？」

「私も壮介さんとの、こ……子どもは欲しいし、もしそうなったら、私に家にいて欲しいっていうのも、よくわかるから」

「ふーん。じゃあ今夜も寝かさないね」

「え」

「何赤くなってんの七緒さん。僕まだ何をするとは言ってないよ？」

「……意地悪」

にやりと笑った彼から顔を逸らして、湯呑《ゆのみ》のほうじ茶を口にした。ちょうどいい温度になっている。

「で、ハンカチは結局やるの？」

「やらせてもらえるなら、やりたいです。これなら家でできるし、ハンカチ以外にもいろいろ作ってみたいから」

「わかった。今日店に行ったら伝えておく。ただし、七緒さんはすぐ根詰《こん》めるから、ほどほどにね。やりすぎないようにするんだよ？」

「うん。家事に支障が出ないようにします。ありがとう壮介さん」

ほどよい緊張感と、わくわくするような嬉しさに包まれた。仕事と言ったら大げさだけど、自分のできる精一杯でやらせてもらおう。

「ああ、そういえば式場の訪問予約取れたよ。鶴岡八幡宮での挙式でいいんだよね」

「ほんと!?」

「来月打ち合わせに一緒に行こう」

「はい。嬉しい……！」

憧れの場所での挙式。壮介さんに合わせて都内でと思っていたのだけれど、彼はどうせなら好きな場所にしようと言ってくれた。それはもちろん、二人の思い出の地だ。

「僕も嬉しい。あてられたカフェで自慢してやろ」

「チーズケーキを買ってきてくれたお店のこと？」

「そう。七緒さんと何の進展もないときだったから、余計イラっとしたんだよね」

「それで私にまで機嫌悪くするなんて、子どもみたい」

「仕方ないでしょ。毎日化粧して雰囲気違うままでいる七緒さんが余計な心配させたんだから、僕は全然悪くない」

「ひ、ひどい……！　そんな言い方しなくたって」

「ははっ、冗談だよ。すぐ真面目に受け取るんだから面白いよね、七緒さんは」

笑った壮介さんは、空になった食器を持って立ち上がった。

「そういうところが可愛いんだけど。ごちそうさま」

「あ、うん」

最近さらりとそんなことを言うようになったから、どんな顔をしていいかわからなくて困ってしまう。ただただ照れて恥ずかしくなってうつむくだけ。でも、これからは私も、もっと素直にならなければ。だから今日こそは実行してみようと思うの。

支度を終えて玄関に向かった壮介さんを追いかける。

「壮介さん、お弁当」

「ああ。いつもありがと。行ってくるね」

私も三和土《たたき》に下りてサンダルを履いた。

「どうしたの、七緒さん。外行くの？」

不思議そうに私を見た彼のそばに寄り、背伸びをしてその頬にキスをした。驚いた壮介さんが私を見下ろしている。かっと顔が熱くなり、目が泳いでしまった。

「い……いってらっしゃい」

いってらっしゃいのキスなんてドラマにありそうなベタなこと、恥ずかしくてできないと思っていたんだけど、素直になってみたかったから。

「うん。いってきます」

ドアを出ていく彼を見送る。何か言われるかと思ったのに、無反応だった。こういうの嫌だったのかな。少し寂しいと思ったそのとき、ドアが開き、壮介さんが玄関に戻って来た。何故か眼鏡を外している。

「どうしたの？　忘れ物？」

「いや。お返し」

そばに来て私の頭の後ろに手をやった壮介さんは、唇を重ねて強く押し付けてきた。

「ん！　んんー！」

彼の舌が入り込み、私の舌に絡む。何度も何度も顔の傾きを変えて激しく口内を奪われて、眩暈《めまい》が起きそう……！　息が上がってきた頃、彼はそっと唇を離して、軽いキスを二回した。

「早く帰るよ」

「うん……待ってる」

息を整えながら返事をする。無反応どころか、こんな過剰反応されるなんて思わなかったから、まだ心臓がドキドキしてる。

「七緒さん」

「？」

「夜に続きしようね」

にっと笑って眼鏡をかけた彼は、頬を熱くしている私を残して行ってしまった。

またすぐ会えるのに寂しくなってしまう、この瞬間。私はまだまだ彼に恋し続けているんだと自覚する。帰ってくると、その気持ちを埋めてくれるかのように私を抱きしめて、しばらくは放してくれない彼を心から愛しく思う。最近壮介さんは、帰る前に必ず連絡をくれるようになった。

毎日毎日少しずつでいいから、こんなふうに心を伝えられればいい。今まで言えなかった分、ほんの少しでも、彼に。

「よし、と」

腕まくりをして気合を入れた。

今日はやりたいことがたくさんある。

お天気がいいからお布団を干そう。掃除機をかけ、試してみたいお酢やアルコールを使った拭き掃除。そのあとに雛《ひな》人形を飾ったら、お義母《かあ》さんに頼まれたハンカチの刺子をして。午後は商店街に行って野菜を買ってこよう。

今夜は炊き込みご飯に蛤《はまぐり》のお吸い物。鶏は香ばしく焼いて照りは少し甘めに。大根おろしをたっぷりのせてもいいかもしれない。残っているカブはキャベツと一緒にサラダにして……

あの封筒のお金の使い道にと考えたおでかけにも、誘ってみよう。着物を着ていきたいと言ったら壮介さんも一緒に着てくれるかな……。楽しい想像をしながら家事の手を動かす。

温かい食卓になるように、居心地のいい場所になるように、今日もまた、小さなことから始めてみる。家が一番と言ってくれた、彼のために。

あなたと過ごす毎日が、素敵な恋日和になりますように——。そう、願いをこめて……

河津《かわづ》ざくら

暖かな三月初旬の、よく晴れた朝。今日の夕飯は何にしようかなと考えながら、壮介さんのあとをついていく。

「いってらっしゃい」

「七緒さん。今日って何か用事ある？」

仕事へ行く彼に玄関でお弁当を渡してキスをしたあと、壮介さんが言った。

「ううん。特に何も」

「じゃあ、一時に新横浜の新幹線の改札に来て」

「新幹線？　どうして？」

「一泊できる準備しておいでね。ほとんど向こうに揃ってるだろうから、着替えだけでいいとは思うけど」

「一泊って……どこに行くの？　旅行？」

「来ればわかるよ。午前中に横浜で仕事の打ち合わせがあるんだ。終わったら、そこから新横浜に行く。僕の着替えは自分で準備したから必要ないよ」

壮介さんの手には、いつものビジネスバッグではない小ぶりのボストンバッグがあった。彼はお正月以来の縁なし眼鏡を掛け、黒のかっちりしたコートにグレーのマフラーをしている。普段仕事へ行くときとは違う装いだ。

「新横浜に一時ね」

そう言い残して、にっと笑った彼はドアから出て行った。

「あ……もう」

急にどうしちゃったの？

リビングへ戻ると時計は八時を過ぎていた。新横浜へ一時ということは十二時前には家を出ないといけない。

急いで洗濯物を洗濯機の中へ入れる。いい天気だけど、一泊するから外ではなく部屋干しにしないと。掃除機を出して、片付けを始めた。

新横浜の改札を出て、広い構内を見回す。時間は一時を少し過ぎてしまっていて焦るのに、人が多くて彼がどこにいるのかわからない。それよりも改札を出てよかったのかな。不安になってスマホを手にしたとき、後ろから声をかけられた。

「七緒さん、こっちこっち」

振り向くと、彼が笑顔で手を振っていた。慌ててそちらへ駆け寄る。

「戸締りしてきた？」

「うん。ごめんね、時間過ぎちゃって」

「まだ発車までだいぶあるから平気だよ。これ、七緒さんの切符ね」

手渡された新幹線の切符に「新横浜ー熱海《あたみ》」と印刷されている。

「熱海に行くの？」

「いや、熱海で乗り換えて、もっと先へ行く」

「もしかして、伊豆《いず》？」

「そう。河津《かわづ》で降りる」

「河津……」

行ったことはないけれど、下田《しもだ》駅よりも手前で、七滝《ななだる》が有名な場所だったと記憶している。

歩き出した彼について改札を通った。長いエスカレーターに乗り、新幹線のホームに二人並んで十三時過ぎ発車のこだまを待った。

平日昼間の車内はとても空《す》いていた。指定席の前でコートを脱ぐ。

「バッグと一緒に上に置こうか」

「うん、ありがとう」

私を窓際に座らせ、通路側に腰を下ろした壮介さんは、早速座席のテーブルをひらき、タブレットを置いて何かをチェックし始めた。

「ねえ、教えて壮介さん。河津に何があるの？」

「んー……ヒミツ。でも、きっと気に入ってくれると思うよ。七緒さんが好きそうなところだから」

結局そのあとも、彼はほとんど何も話さず黙々と仕事の作業を進めていた。私は家から持って来た文庫本を読んでは時折車窓を眺め、煉瓦色《れんがいろ》のプリーツスカートの裾《すそ》を直し、お茶を飲んで、再び物語の世界に耽《ふけ》るということを繰り返した。

車窓に緑が増え、海が広がってしばらくした頃、熱海に到着した。そこから、乗り換え時間を入れて、二時間近くかけて河津駅に着いた。タクシー乗り場へ行き、二人で乗り込む。

彼が告げた行き先は、どこかの旅館の名前だった。タクシーが走り出してすぐ、ピンクの花を付けた木々の並木道が現れた。

「これは……桜？　綺麗」

ソメイヨシノよりも色の濃い花が咲き乱れている。

「河津桜《かわづざくら》と言って早咲きの桜なんですよ。二月の中旬くらいから咲いて、この辺りは今がちょうど満開ですな」

私の呟きに反応した運転手さんが、そう教えてくれた。

五分ほどで旅館に到着した。荷物を下ろしていると、入り口から現れた男性に声をかけられた。

「ようこそいらっしゃいました。本日ご宿泊の方でよろしいでしょうか？」

「はい。古田と申します」

「古田様ですね。ありがとうございます。お待ちしておりました」

微笑んだ男性が私の荷物を持ってくれた。案内されて門に掛かった白く大きな暖簾《のれん》をくぐると、美しい日本庭園が現れた。庭の小路《こみち》も、目の前にある大きな建物も、新しさと古さが融合した和モダンの美しいもの。

「わ……！　大きい！」

日本庭園を抜けた旅館の玄関脇に大きなやぐらが立ち、大きな音とともに、もうもうと白い湯気が昇っている。そこは自家源泉だった。意外にも歴史ある古い旅館で、リニューアルをしたばかりだという。

玄関から靴のままロビーへ上がり、ソファへ通された。床板や柱は黒光りをしていて、明るすぎない照明の落ち着いた雰囲気がとてもいい。きょろきょろと周りを見回してしまう。

「いらっしゃいませ。こちら蕨《わらび》もちでございます。どうぞお召し上がりください」

お茶と可愛い小皿に入った蕨もちが運ばれた。きなこのまぶし加減がちょうどよくて、とろとろと口の中で蕩《とろ》けていく。

「壮介さん。これ、やわやわですごくおいしい……！」

「よかったね、七緒さん」

壮介さんがクスッと笑った。もしかして、さっきから子どもっぽいと思われてる？家を出たときはまさかこんなに素敵な場所へ連れてきてくれるとは思ってもみなかったから、ついはしゃいでしまった。

「女性の方は色浴衣《ゆかた》がお選びになれます。こちらへどうぞ」

私ったら「色浴衣」の言葉に壮介さんの視線も気にせず再び興奮してしまった。ロビーの一角に並べられた浴衣はどれも可愛くて目移りしてしまう。いろいろ迷ったあげく、春らしい萌黄色《もえぎいろ》の浴衣に桃色の帯を選んだ。

「こちらが離れです」

案内された部屋は、平屋の離れだった。玄関を入ると、新築の木の香りが鼻をくすぐる。十畳ほどの部屋が二間並び、大きな引き戸で仕切るようになっていた。ソファとテレビのある部屋と寝室。大きくてシンプルなベッドには、一人分がセミダブルくらいの広さのベッドマットがふたつ並んでいた。大きなサッシ窓の向こうにあるのは……、露天風呂だ！

一通り説明をして、旅館の人は出て行った。

部屋の中全部が細かい所まで気を配られていて本当に素敵。コートとスーツのジャケットを脱いでソファに座った壮介さんは、そこでノートパソコンをひらいた。

「ごめん七緒さん。先に大浴場行ってきていいよ。僕まだやり残したことがあるから」

「うん、そうさせてもらうけど……」

「けど、何？」

「驚いてるの。こんな素敵な所に、突然どうしたのかなって」

「いいでしょ？　ここ」

「うん」

「前に雑誌で見て目を付けてたんだ。七緒さんといつか来られたらいいなと思ってさ。どうせなら河津桜《かわづざくら》を見たいと思って、先週からキャンセル待ちしてたら、急に取れたんだよ」

「そうだったの」

「納得した？」

「納得しました。じゃあ、お風呂お先にいってきます」

「僕のことは気にしないで、ゆっくりしておいで」

寝室を閉め切って選んだ浴衣《ゆかた》に着替え、用意された暖かそうな足袋《たび》を履き、薄い半纏《はんてん》を羽織った。コンタクトを外して眼鏡を掛ける。二つある鍵の一つを持ち、移動用に使ってくださいと説明されたかごバッグも手にする。玄関にあった可愛らしい鼻緒の下駄を履いて、外に出た。夕方の冷たい風に身を縮ませる。

館内の大浴場には誰もいなかった。体を流してから、大きなヒノキ造りの湯船にそろそろと足先を入れた。ちょうどいい湯加減のお湯に体を沈めると、ようやく一息吐《つ》くことができた。オレンジ色に染まった空を仰ぐ。遠くをカラスが飛んでいるのがぼんやり見えた。何の音もしない。

「……気持ちいい」

何だか不思議。こんなふうに壮介さんと一緒に旅行に来ているなんて。ついこの間までは、彼と気持ちが通じず、悶々《もんもん》とした日々を送っていたというのに。

大浴場で、ずい分ゆっくりしてしまった。雰囲気のある蔵の造りのようなバーの横を通り、ロビーから玄関へ出た。壮介さん、まだ仕事をしているんだろうか。

離れの引き戸の鍵を開け、玄関で下駄を脱いだ。部屋の中に壮介さんの姿はない。パソコンは閉じられ、ソファに用意しておいた彼用の浴衣と半纏も見当たらなかった。

「大浴場に行ったのかな？」

かごバッグをローテーブルに置き、ソファへ座った。時間は六時半を過ぎている。食事は七時四十五分からだったから、今のうちにお部屋の露天風呂へ入ってしまおうかな。壮介さんもまだ戻らないだろうし。

部屋の露天風呂の横にある洗面所で浴衣《ゆかた》を脱いで眼鏡を外し、備え付けのタオルで前を隠しながらガラスの引き戸を開けた。一歩外に出ると、ひんやりとした風で体が一気に冷えた。

「春とは名ばかりよね。さむ……」

独りごちたそのとき、ふと視線を感じてそちらを向いた。

「きゃ！」

湯船に浸《つ》かっている壮介さんがいて、こちらを見上げてる。死角になっていたのか、眼鏡を外したからなのか、全く気付かなかった。

「い、いたの⁉　ごめんなさい、出るから」

「いいよ。一緒に入ろう」

「でも……恥ずかしい」

「こっち向いてるから、おいで。風邪引くよ」

壮介さんはくるりと背を向け、湯船の縁に片腕をのせてもたれ掛かった。

「見ないから」

「……じゃあ、お邪魔します」

一緒にお風呂に入るなんて初めてだから、すごく恥ずかしかったけれど、外の寒さに負けてしまった。

湯船にタオルを入れるのは駄目だよね。体を隠していたタオルを畳んで頭の上にのせ、静かに湯船に浸かった。四人は余裕で入れるだろうという広さのお風呂だから、すぐそばにいるわけじゃないけど、緊張してしまう。目のやり場に困って、うつむいてお湯を見つめながら彼に話しかけた。

「壮介さん、大浴場に行ったのかと思った」

「行ったよ。七緒さん出て来るかと思ってバーで待ってたんだけど、結構長風呂なんだね」

「そうだったの？　ごめんなさい」

「いや、いいけどさ。湯冷めしそうだったから部屋に戻ってここに入ってた」

露天風呂の向こう側にある数本の木の上で、鳥が高い声で鳴いた。源泉かけ流しのお湯が気持ちいい。

「そこの脱衣所に何もなかったから、まさかいるとは思わなかったの」

「部屋から直接入ったんだよ。気付かなかった？　浴衣が脱いであるの」

「寝室には戻ってないから全然」

寝室の大きなサッシ窓から、この露天風呂に出られる仕様にはなっていたけれど、物音ひとつしないから全く気付かなかった。

辺りは一層暗くなり始めた。露天風呂の周りに植えられた草木が、間接照明で浮かび上がっている。

「そんな隅っこに丸まってないで、もっとこっちに来ればいいじゃない」

いつの間にかこちらを向いていた壮介さんが言った。慌てて首までお湯に浸《つ》かって両手で胸を隠してうつむく。

「見ないって言ったのに」

「今さら何言ってんの。もう裸なんて散々見せ合ったじゃない」

「お、お風呂は違うの……！」

「ていうか、見たい。見せてよ」

「え」

水音がした。驚いて顔を上げると、息がかかるほど近くに彼の顔が迫っていた。お湯のせいだけじゃなく、頬が火照《ほて》って鼓動が激しく波打っている。

「七緒さん……」

私の肩を抱いた壮介さんが、自分の胸元に引き寄せた。

「あ……」

何も身に着けていない胸が彼の肌に直に触れる。お湯が揺らぎ、触れ合う私たちの肌の間をさ迷う。視線の先に、頭から落ちた白いタオルがお湯に沈んでいくのが見えた。

「七緒さんは柔らかいね」

耳元に唇をあてた壮介さんは、空いている方の手で私の胸を包み込んだ。

「……駄目」

「少しだけ」

葉が一枚、湯船に落ちて波紋を広げた。動く彼の手が小さな波を作る。

「あ……や」

耳の中を柔らかな舌で舐《な》められ、思わず声が漏れてしまう。彼の指が胸の先端をつまんで優しく弾いた。体がびくんと揺れる。

「ん……っ！」

「いい？　七緒さん」

耳から首筋に舌を這《は》わす壮介さんが尋ねる。答える間もなく、硬くなっていく乳首を指でこねられた。

「あ、ああ……ダ、メ……っぁ」

「ダメなの？　気持ちよくない？」

低く囁《ささや》く声と、彼の指先が私の体に浸透していく。こんなところで感じたらいけないのに。

「ま、周りに、聞こ、えちゃう」

体をよじって離れようとする私を逃がさないよう、自分の腕の中に閉じ込めた壮介さんが顔を寄せた。

「じゃあこうしよう」

重なったと思った唇から、いきなり舌を差し込まれた。情熱的な激しいキスに、逆上《のぼ》せてしまいそうになる。

「んん……ん、ん」

下腹が疼《うず》いて、足の間が溶けていく。彼にそれが伝わってしまったのか、熟し始めた狭間《はざま》に指を差し入れられた。

「んうう……！　んんー」

呻《うめ》いても唇は放してくれない。彼の硬いものが私の腰にあたっている。壮介さんの指が私の中で踊り始めた。お湯の中だからか滑りが悪く、長い指が中を出入りする度《たび》に引っかかって、たまらなく気持ちがよかった。このままじゃ、私……

「続きは、夜ね」

唇を離した彼が言った。同時に指も引き抜かれる。

「あ……壮介、さん」

こんな中途半端なところで止められるなんて……

「どうしたの、涙目になっちゃって。もしかして、もっと欲しかった？」

意地悪く微笑む彼から目を逸らす。その通りです、なんて恥ずかしくて言えないよ。

「ごめんごめん。もうすぐ夕飯の時間だしさ、僕もこれ以上は絶対途中でやめられないから」

壮介さんは私の手を引いて立ち上がらせると、脱衣所に連れて行ってくれた。バスローブを広げ、私に着せてくれる。

「夜、部屋でいっぱい愛してあげるからね」

「！」

ぎゅっと後ろから包まれた。

「だから、先に寝ちゃダメだよ？」

「……はい」

体の火照《ほて》りが鎮《しず》まらない。このままじゃ私、自分からおねだりしてしまいそうだ。

本館へ続く小路《こみち》の脇に、ぽつんぽつんと置かれた行灯《あんどん》が、足元を照らしていた。浴衣《ゆかた》に半纏《はんてん》を羽織った彼の姿に見惚《みと》れてしまう。壮介さんはやっぱり、和服がとても似合う。

旅館の食事処は全面ガラス窓で、向こう側に、ここへ来たときに見た日本庭園が広がっていた。控え目なライトアップが美しい。窓際の席に案内され、飲み物を決めた。

珍しい食材の前菜の中に、酢でシメた小さなお寿司。お椀は豆乳と味噌仕立ての擂《す》り流し。お造りの鮪《まぐろ》は口の中で溶けてしまった。全ての盛り付けが芸術的で目にも楽しく、味ももちろん素晴らしいものばかり。

「おいしいとしか、言いようがないです」

「そうだね。僕もここまでのは、なかなか食べたことないな」

感動している私に彼も頷いた。旬の食材を使った、見たこともない創作料理が次から次へと運ばれる。お魚料理とお肉料理、どれも食材のおいしさがダイレクトに伝わってくる。

テーブルに直接のせられたお釜の中には炊き込みご飯。もうお腹がいっぱいでこれ以上は入らない、と思っていたのに、デザートを見るとまた口に入れたくなるから不思議だ。

時間をかけた食事を終えて、旅館の玄関を出る。少し欠けた月が暗い空にぼんやりと浮かぶ朧月夜《おぼろづきよ》だった。

「七緒さん」

立ち止まり、私の肩を抱いた壮介さんが顔を寄せて唇を軽く重ねた。

「だ、誰かに見られちゃう」

「誰もいないよ」

薄墨色の雲がゆっくりと流れ、月を覆い隠そうとしている。ただ身を寄せ合うだけで、たとえようもない幸福感に包まれた。彼の体温を感じた私の体に、再び熱が宿り始める。

部屋に戻り、ソファに座ってくつろぐ。その間中もずっと体をくっつけてくる壮介さんに、何度もキスされた。ついばむようにしたり、ぺろりと唇を舐《な》めたり。その度《たび》に早く体を合わせたい思いが募り、もどかしくて堪《たま》らなかった。


眠る前の準備を終えると、先にベッドに寝転がっていた壮介さんに手招きされた。

間接照明が温かい光を壁に投げている。とても静かな夜だ。

真っ白なシーツのベッドに乗り、壮介さんの隣に体を横たえた。微笑む彼に抱きしめられる。愛しい気持ちが湧き上がり、浴衣《ゆかた》の合わせから覗く彼の肌に唇を押し付けた。

「珍しいね、七緒さんからなんて」

恥ずかしくなってうつむこうとした顔を持ち上げられる。すぐそばで二人の視線が絡み合う。息苦しいほどの思いが胸をしめつけて言葉が出てこない。

壮介さんの瞳が揺らいだ。と同時に、体勢を変えた彼が私にのしかかり、大きくベッドが軋《きし》んだ。抱き合い、見つめ合い、無言のまま強く唇を重ねる。好きで好きでたまらない。その思いを舌に唇に手のひらに指先にのせて……互いに激しく貪《むさぼ》り合った。

「あ……は……ぁあ……」

「好きだよ、七緒さん。もっと声出して……いいからね」

私と同じように息遣いの荒くなった彼は、浴衣《ゆかた》の上から私の胸を激しく揉んだ。痛いのとは少し違う、痺れるような感覚が全身へ伝わっていく。下半身をもじもじとさせているうちに、裾《すそ》が乱れて足が丸出しになっていた。太腿《ふともも》を撫で始めた彼の手が、ショーツに触れた。

「あ」

勝手に腰が浮いてしまう。布の上を指でなぞった壮介さんが、驚いた顔をして私の顔を覗き込んだ。

「七緒さん、びしょびしょじゃない。浸み出してるよ、ほら」

湿った指をわざと私に見せる。

「や……言わないで」

恥ずかしくてたまらない。でも……これが私の正直な気持ちなんだと思う。

「もしかして、さっきから待ってた？」

「うん……早くして欲しかった、の」

「素直になったね、七緒さん。嬉しいよ」

微笑んだ彼が私の耳を甘噛みし、ショーツをゆっくりと脱がせた。狭間《はざま》に彼の指がぬるりと入る。静かな部屋に、いやらしい水音が、くちゅくちゅと響いた。

「……ぁっあっ……ふ、あっ」

どうしたんだろう。今日はいつもより圧迫されて、奥に届いてるような……

「わかる？　僕の指、三本も呑み込まれてるよ」

「え……う、そ」

「痛くない？」

彼の言葉に小さく頷く。痛いどころか、いつもよりすごく感じちゃってる。お腹の奥の疼《うず》きが何だか、変。

「壮介さん、私、わた……し、変なの……！」

「どこが、変？」

尋ねた彼は指を激しく動かしながら、私の胸にしゃぶりついた。たらたらと流れ出る蜜《みつ》の奥と、壮介さんの舌に弄《いじ》られている先端が繋《つな》がっているかのように、同時に快楽へと引き摺り込まれる。

「あ、あぁ……怖い、壮介、さん……！」

「可愛いよ、七緒さん。……いっちゃえ」

私の中に入っている指の腹を、お腹の側へぐいと押し付けられた。

「ひぁっ……あっあ……あぁーっ！」

彼に命令されたかのように勝手に腰が浮き上がり、何かが弾けた。快感で痙攣《けいれん》が止まらない。……奥から先に、いかされちゃったのって、初めて……

互いの浴衣《ゆかた》は乱れきって、帯でどうにか巻きついているだけだった。熱い肌を密着させた壮介さんが、放心する私の唇から、だらしなく垂れた唾液を舌で舐《な》め取った。

「ごめん、七緒さん」

「な……に？」

「僕も我慢できそうにないや。もう挿れていい？」

彼の切ない吐息が、再び私の体を甘く湿らせる。私も欲しい。壮介さんが欲しくてたまらない。

「うん……挿れて、壮介さんの、欲し……あ！」

微笑んだ彼は、突然私をうつ伏せにさせ、お尻を高く持ち上げた。濡れそぼったそこが丸見えで、こんな恰好は恥ずかしくて死にそうなのに、達したばかりで力が入らない。

「綺麗だよ、七緒さん。……挿れるね」

囁《ささや》いた彼に、後ろから一気に挿れられた。

「え、あ……あぁっ……！」

指とは全く違う太いものに貫かれて、お腹の奥までずしんと響く。埋めこまれた圧迫感に、一瞬息が止まった。

「ああ……好きだよ、七緒さん、好きだ」

「そ、すけ、さ……あっあっ！　やぁ……！　あんっ」

応えたいのに、激しく突かれて、ただ喘ぐことしかできなかった。気持ちいい。何も考えられない……。

「今日、すごい、ね……七緒、さん」

後ろから覆い被さった彼が、揺れる両胸を両手で包み込んだ。愛おしむように、やわやわと揉み、その間も絶えず腰を打ちつけてくる。

「いいよ、すごくいい……ああ、いい」

「壮介、さん……好き……！」

蜜《みつ》が太腿《ふともも》を伝うほど溢《あふ》れ出ている。彼のものが出入りする度《たび》、淫《みだ》らな水音が大きく響いた。

「ダメだ、もう……！」

荒い息を吐きながら、彼が声を漏らした。

「中に……出して」

「……そんなこと言われたら、遠慮しないよ？」

動きを止めた壮介さんは一度自身を引き抜き、私を仰向けにして、再び覆い被さった。

今度はゆっくりと中に挿入《はい》ってくる。

「七緒さんの顔見て、出したい」

「……来て」

頷いた壮介さんは奥まで入り、腰を動かしながら私に唇を重ねた。口の中も、彼の熱く硬いものが挿入っている蜜《みつ》奥も、とろとろに溶けて混じり合っている。再び快感が押し寄せた。

動きを速めた彼が、眉根を寄せて顔を歪《ゆが》める。額《ひたい》からぽたりと汗が落ち、私の頬を濡らす。彼のものを咥《くわ》え込んでいる蕩《とろ》けた私の内が、ぎゅっと締まった。

「あ……いくよ、七緒さん……！」

「あぁっ、私、も……！」

低い声で呻《うめ》いた壮介さんが、私の中に熱の塊《かたまり》を放つ。彼の滴《したた》りを一滴も逃すまいとするように、奥が痙攣《けいれん》して熱く硬い彼をしめつけた。恍惚《こうこつ》に全身が震え、どっと汗が噴き出す。ぐったりとうな垂れた壮介さんが、私を優しく抱きしめ、掠《かす》れた声で、好きだ、と呟いた。

……私も、好き。

甘い囁《ささや》きをお返しして、彼の体温に心も体も浸りながら、その背中にそっと手を回した。

清潔で真っ白なシーツと柔らかな毛布、気持ちのいい羽毛布団の中で、彼の腕に包まれていた。

「私、いつも思ってた」

「何を？」

壮介さんの胸に頬を押し付ける。温かな人肌と、彼の心臓の音が耳に心地いい。

「……うん」

「言ってよ。聞きたい」

「何もかも、初めてだったから、私は壮介さんしか知らないし……これから先も壮介さんのことしか知りたくない、って」

「……七緒さん」

痛いくらいに強く抱きしめてくる彼の腕の中で、もう一度、今度は違う言葉で呟いた。

「壮介さんしか、いらないの」

初めて逢ったときからずっと、他の誰も目に入らないほど、私は彼に夢中だった。

「僕も七緒さんしかいらない。……愛してるよ、七緒さん」

「壮介さん……」

幸せの甘い言葉に全身が覆われた。

「僕のことは?」

私の顎をそっと指で持ち上げた彼が、視線を合わせた。素直に彼へこの思いを伝えたい。

「私も、愛してる」

愛してる、愛してる、と囁《ささや》き合って、再び唇を重ねた。そうして……眠りに誘われるまで、お互いの体を何度も欲しいままに、与え合った。

翌日、ゆったりとした朝食を終えてから、旅館を出た。もう少しいたいと思ってしまうほど、素敵なところだったな。河津桜《かわづざくら》の並木道に差し掛かったところで彼が運転手さんに告げた。

「ここから歩きます。ありがとう」

「はい」

タクシーから降りて桜の下を歩く。二人の上に、ちらちらとピンク色の花びらが舞い落ちた。

「せっかくだからと思って降りたんだけど、大丈夫?」

「うん。私も桜を見ながら歩きたいと思ったから」

空は青く、河津桜のピンクとのコントラストが怖いくらいに綺麗。

「少し、葉が見えてる」

「そろそろ終わりなんだね」

枝にとまった小鳥が突いた桜の花がひとつ、はらりと壮介さんの前に落ちた。立ち止まってしゃがんだ彼が手を伸ばす。

「七緒さん」

立ち上がって拾った桜の花を私へ差し出した壮介さんが、優しく微笑んだ。

「誕生日、おめでとう」

「え……」

「誕生日でしょ？　今日」

私の手に桜の花を持たせる。

「知ってたの？」

「知ってるさ。七緒さんのことなら何だって」

一度も訊《き》かれたことがなかったのに。

「もしかして、それでここに連れて来てくれたの？」

「ちょうど宿が取れたから、そういうことにしておいてもらおうかな。楽しかった？」

こちらを見て笑った彼に、微笑みを返す。

「とても楽しかった。ありがとう、壮介さん」

「どういたしまして。また来ようね」

「うん」

差し出された彼の手に、自分の手を重ねた。そっと握ると、それ以上の力でしっかり握り返してくれた。そこから伝わる熱が、私の心まで温めてくれる。

この幸せを、大切にしたい。

どこまでも続く河津桜《かわづざくら》の下を、その足元に咲き乱れる菜の花に見守られながら、壮介さんに手を引かれて歩いていった。

書き下ろし番外編

だいだい色の、ほおずき

梅雨《つゆ》もそろそろ終わる七月上旬の今日は、ほおずき市が行われる。

駅で壮介さんを待つ間、前を通り過ぎる人たちの恰好をさりげなく見つめていた。皆、私たちのようにほおずき市を楽しみにきた人だろう。

今日、私は夏着物ではなく浴衣《ゆかた》を着ている。ほおずき市に訪れる人は浴衣姿の人が多いと知り、私もそうしてみたのだ。実際に道行く多くの女性たちは浴衣を素敵に着こなしていた。

「気に入ってくれるかな、壮介さん」

私は紺地に牡丹《ぼたん》柄の浴衣を着て、淡い水色の帯を締めている。紫色の帯締めには、とんぼ玉の帯留めを通した。

去年の夏、彼と出会う前に、とても気に入って購入した浴衣と帯だ。もう三十歳になるのだし、落ち着いたものが似合うようになりたいと選んだのだけれど……周りの女性たちの華やかさに気後《きおく》れしてしまう。これでは、ただ地味なだけだと思われてしまわないだろうか。

　壮介さんの好みを聞いて新しいのを買えばよかった。

　ふう、とため息を吐《つ》いてから、はっとする。この癖はいけない。いつまでも自信がないのは、私を大事にしてくれる壮介さんにも失礼だ。

　気を取り直して浴衣の襟元に手をあてた、そのとき。

「だーれだ」

「きゃっ！」

　大きな手が私の視界をふんわりと遮《さえぎ》った。耳元に届いた大好きな声と、彼が纏《まと》うフレグランスの香りが、私の胸をきゅんとさせる。

「ちょっ、そ、壮介さん⁉」

　こんなことをする人は当然一人しかいない。

「当たり。お待たせしてごめんね、七緒さん」

　私の顔を覗き込む旦那様。優しい微笑みに一瞬で頬が熱くなる。仕事帰りの彼はスーツのジャケットを脱いで腕にかけていた。毎日見ているスーツ姿だけれど、外で見ることはあまりないから、さらにドキドキしてしまう。

「も、もう。びっくりした。お仕事お疲れさまでした」

「うん」

私を見つめたきり、壮介さんは黙ってしまった。

「どうしたの？」

「……帰ろっか」

急に眉をひそめた彼がぼそりと呟く。

「えっ！　どうして!?」

わざわざ待ち合わせたのに、何が気に入らなかったのだろう。やっぱりこの浴衣《ゆかた》が地味過ぎた？　お化粧が変？　それとも……

閉じ込めようとしていた自信のなさが、再び胸に湧き上がる。

「七緒さんの浴衣姿が綺麗すぎて心配なんだよ。誰にも見せたくない」

焦る私の耳元に壮介さんが囁《ささや》いた。自信のなさは一変し、嬉しさと恥ずかしさでさらに顔が熱くなる。

「……本当に？」

「本当。今すぐ家に連れて帰って、僕だけが七緒さんを見ていたいくらいだよ」

心が通じ合ってからというもの、壮介さんはこんなふうに、さらりと甘い言葉を言ってくれるようになった。

「でも、今日は僕のために綺麗にしてくれたんでしょ？」

「うん。壮介さんに気に入ってもらえたらいいな、って思いながら支度してた。これね、壮介さんに出会う直前に買った浴衣なの。とても気に入ってるんだけど、地味過ぎかと思っていたから、嬉しい」

だから私も、素直に気持ちを伝えることにしている。それは壮介さんと幸せになるために絶対必要なことだと、すれ違いを経て気づいたから。

「地味どころか、大人の色気をまき散らし過ぎだよ」

「そ、壮介さんってば」

「さ、行こう」

「はい」

私の背中をそっと押した彼と一緒に、浅草寺《せんそうじ》へ向かった。

浅草寺でお参りをしてから、ほおずき市を開催している場所へ移動する。

「いらっしゃいませー！　ほおずきいかがですかー！」

あちこちから、風鈴の音と人々のざわめき、そして威勢のよい売り子さんたちの掛け声が聞こえる。

そして橙色《だいだい》のほおずきが、店の軒下にずらりとぶら下がり、目を楽しませてくれるのだ。

「わぁすごい！」

「随分たくさんあるんだな。僕は初めてなんだけど、七緒さんはほおずき市に来たことあるの？」

「小さい頃に来たことはあるんだけど、ほとんど忘れちゃってる。だから今日はとても楽しみだったの」

ぶら下がる鉢には風鈴がついている。

「風鈴とセットで売ってるのね。綺麗！」

「ああ。七緒さんが好きなの、何でも買ってあげるよ」

「ありがとう。たくさんありすぎて迷っちゃう」

ほおずきが鈴なりについている枝ほおずきは玄関用に、風鈴付きの鉢植えはリビング用に、壮介さんに買ってもらった。


日はすっかり落ち、店の前の通りは薄暗くなっていた。

そこを歩く私たちの足元を、手に持つほおずきが照らしてくれるように感じる。

「ほおずきって、鳴らせるんだよね」

私はふと思い出して口にした。

「どういうこと？」

「ほおずきをひらくと、中に丸い実があるの」

「ああ、それは知ってる」

「実の種をくり抜いて取るのね。その空っぽになった実を口に入れて吹くの」

「へえ。あんな小さい実から音が出るんだ？」

鉢のほおずきは壮介さんが、枝ほおずきは私が手にしている。壮介さんは空いているほうの手で、私の手をしっかりと握っていた。

「うん。舌と口を使って、ギュイギュイって音を鳴らすの。上手く説明できないんだけど……」

「あとでやり方教えて」

「もちろん。あ、でも実が熟してからじゃないとできないのよ。濃い目の橙色《だいだい》になってから、ね？」

「……」

笑いかけると、壮介さんは黙り込んでしまった。

「壮介さん？　どうしたの？」

「ああ、いや、うん」

「疲れちゃった？」

「違うよ。七緒さんが色っぽいから見とれてただけ」

「え……あ」

近づいた彼が、私の耳にそっとキスをした。瞬間、かっと顔が熱くなる。壮介さんを見上げると、彼はにっと笑いながら私の手を強く握り直した。

「何か食べようか。お腹空《す》いたんじゃない？」

「う、うん。壮介さんは？」

「僕も空いたなぁ。あ、ほら、あっちに夜店がたくさん出てるよ」

人込みでも平気でこんなことをしてくるようになった壮介さんに驚きながらも、とても嬉しく感じていた。恋人気分が味わえる夫婦関係は、素敵だ。

延々と続く夜店の前を壮介さんと歩く。おいしそうな匂いがそこら中に漂《ただよ》い、反応してお腹が鳴っている。

梅雨時《つゆどき》であり、人が多いことも重なって、だいぶ蒸し暑かった。浴衣《ゆかた》の背中が汗でしっとりしているのがわかる。

じゃがバターと焼き鳥、缶ビールを購入した私たちは、それらを食べるため、人込みから外れた場所で立ち止まった。

「はい七緒さん、あーんして」

割り箸《ばし》に乗せられたじゃがバターが、私の前に差し出される。

「えっ！」

「いいからほら、あーん」

「ちょっ、声が大きいってば」

「恥ずかしがらないの」

人がたくさんいるから恥ずかしいけれど、これ以上躊躇《ためら》っていたら壮介さんはもっと大きな声を出しそうだ。だから思い切ってお箸に口をつける。

「あつっ、あ、おいしい～」

ほくほくのじゃがいもとバターが溶け合って、とてもおいしい。壮介さんに食べさせてもらったから余計においしいのかな、なんて。

私も壮介さんに同じようにして焼き鳥をあげると、彼はとても嬉しそうにそれを頬張った。おいしいね、と微笑み合う。彼と一緒にいれば幸せの瞬間はそこかしこにあって、些細《ささい》なことでも心が満たされるのだ。

帰りは仲見世《なかみせ》を外れて、人通りの少ない道を歩いた。こちらはほおずき市の喧騒《けんそう》が嘘のように静かだ。下駄の音がカラコロと響き、自然と無口になる。

しばらく歩いていると、壮介さんが静かな声で言った。

「どういうふうに鳴らすんだっけ」

「え？」

「ほおずきだよ」

「口と舌を、使って……」

暗闇の中、私を見る彼の目の色が変わったような気がした。

「口と舌を使って?」

「あ」

壮介さんに細い路地へ引っ張りこまれた。ここはさらに暗く、人の気配は全くない。

「僕の口の中をほおずきだと思って、やってみて」

「そ、そんな、んっ」

あっという間に唇を塞がれた。あやうく手にしていた枝ほおずきを落としそうになる。

「だ、駄目」

小声で拒否し、彼の胸に手を押しあてる。でも逃げようとしても、私を抱き寄せる彼の手が許してはくれない。

「じゃあ約束して」

「何を?」

「家に帰ったらすぐ七緒さんを抱きたい。いい?」

壮介さんも声をひそめていたけれど、それに反して、手の力はこの場で私を押し倒しそうな勢いだ。私も、彼の熱に応えたくなる。

「うん。お風呂入ったら、ね」

「……わかった」

壮介さんは私をぎゅっと抱きしめたあと、再び私の手を取り、もとの道へ戻った。

人の多い通りへ出ても、暗闇で囁《ささや》かれた言葉が纏《まと》わりつき、体は火照《ほて》ったままだった。


家に着き、ほおずきをリビングに置いて、お風呂にお湯を張る。

私は浴衣《ゆかた》を脱いでしまおうと、一旦リビング横の和室に入った。

「七緒さん、もう脱いじゃうの？」

「うん、汗掻いちゃってるから」

戸を閉めようとした手を壮介さんに掴まれる。その強い力から壮介さんの気持ちが伝わってくるような気がした。……まさか、今？

「脱ぐなら僕が脱がせてあげる」

「あ」

壮介さんは和室に入りながら私を抱きしめた。即座に唇を奪われる。とろりとした柔らかな彼の舌が、私の口中を這い回った。

「んっ、ん」

暗い路地での秘め事が思い出され、あっという間に私の体が熱を取り戻す。

壮介さんは私を畳の上に押し倒した。彼はいつの間にかネクタイを外している。

「七緒さん、いい？」

「いいって、今するの？」

「こんな姿見せられたら我慢できないよ。待ち合わせで七緒さんを見つけた時から、今夜は絶対って思ってたんだから。帰りにも言ったでしょ」

「だってまだお風呂が、あっ」

耳の後ろからうなじに唇を押し付けられ、快感にぞわりと肌が粟立《あわだ》つ。興奮気味の彼の吐息を受けながら、少し意地悪なことを聞いてみたくなった。

「……壮介さんは、和装の女性が好きなの？」

「七緒さんだから特別に好きなんだよ。七緒さん以外の和装には興奮しない」

「嘘」

「嘘じゃない」

「あっ」

裾《すそ》を割られ、そこから壮介さんの大きな手のひらが入り込む。慌てて足を閉じて体をよじってみるも、力で敵《かな》うわけもなくて。

「私、汗で湿ってるから、恥ずかしいのに」

「それがいいんじゃないか。それに、七緒さんが隠そうとするからよけいに見たくなるし、触りたくなる」

最近、壮介さんに触れられると瞬時に足の間が濡れてしまう。それを悟られるのがたまらなく恥ずかしいせいもあって抵抗したいのだけれど、どうにも力が入らない。

「襟元がきっちり閉じられてるのに、襟は大きく抜いてあったりして、そういうギャップにそそられるんだよ。七緒さん自身がそこに気付いてないから、困る」

耳元で囁《ささや》かれる甘い言葉は、私の羞恥心《しゅうちしん》まで溶かしてしまうようだった。

「も、駄目って」

私の太腿《ふともも》を撫で回していた彼の手が、とうとうショーツに辿《たど》り着いてしまう。

「これは汗なの？　それにしては、だいぶ濡れてるみたいだけど」

「や……あっ」

壮介さんはショーツに滑り込ませた指で、狭間《はざま》を撫で始めた。くちゅくちゅという音が耳に届く。

「シャワー、浴びさせ、て」

「駄目。ほら、こっちの指は舐《な》めてて」

「ん、んふ……っ」

壮介さんのもう一方の手の指が私の口に入ってきた。彼の綺麗な人差し指と中指が私の舌を挟み、弄《もてあそ》ぶ。浴衣《ゆかた》の裾は大きくまくられ、壮介さんは片手で器用に私のショーツを下げた。

「ふ、あっ、んっ、あう」

首を横に振って、いやいやをしても、全く聞き入れてはくれない。自分の淫《みだ》らな恰好を想像すると、意思に反して下腹の疼《うず》きが止まらなくなる。私はいつの間にか壮介さんの指の動きに合わせて腰を上下させていた。

そこでようやく、蹂躙《じゅうりん》されていた私の舌が解放される。同時にショーツは脱がされ、右足首に引っかかった。帯から上は乱れのない浴衣《ゆかた》姿なのに下半身は丸出しだ。恥ずかしくてたまらない。

「あ、あ……壮介、さん」

壮介さんの首にしがみつくと、ワイシャツの首元から流れた彼の汗が私の頬にぽたりと落ちた。

「このまま、するよ。いいね？」

「んっ……き、て」

我慢できないというふうに、焦った様子で彼がベルトを外す。かちゃかちゃという金属音と、畳の上をこする衣擦《きぬず》れの音だけが和室に響いた。

私の右ひざを持ち上げた壮介さんは、濡れてひくひくと欲しがる私のそこへ、硬くなった自身を突き入れた。

「あぁっ！」

大きな塊《かたまり》に埋《うず》められ、声が勝手に飛び出していく。

「あ、ぁ……いいよ、七緒さん、七緒さん……！」

呻《うめ》く壮介さんは、がつがつと私のナカを激しく突いた。いつもよりずっと興奮しているらしく、その激しさはなかなか収まらない。

何度も腰を打ち付けられ、あっという間に快感の波に引きずり込まれた。

「あっ、あぁっ、そ、すけさっ、んっ！」

擦《こす》れ合う水音と汗の匂い、体温、揺さぶられる視界の中で……何が何だかわからなくなっていく。

「壊れ、ちゃう、うう……っ！」

朦朧《もうろう》とする意識の中で、私は叫んでいた。

「いいよ、七緒さん、僕で壊れちゃいな……っ」

快感に顔を歪《ゆが》ませた壮介さんは、私を煽《あお》るように言った。その表情が、さらに私を昂《たかぶ》らせる。下腹の奥が彼の滴《しずく》を早く欲しいと戦慄《わなな》いた。

「好き、壮介、さんっ！」

「好きだよ、あ、駄目だ、もう、いくよ」

「わ、私、も、一緒に」

頷いた彼は腰の動きをさらに速め、私の最奥を突いてきた。

「愛してるよ、七緒さん……！」

「私、も、愛してる、壮介さんっ！　んっ、んうっ」

強く唇を塞がれた瞬間、絶頂に達した私のナカに、彼も白い快感の塊《かたまり》を吐き出した。

お互い乱れた姿のまま、畳の上で抱き合っていた。お風呂はとっくに沸いていたけれど、満たされた気だるさで起き上がることができずにいる。

壮介さんがリビングのほうを指さした。そちらには、買ってきたばかりのほおずきが置いてある。

「七緒さん、ほおずきなんだけどさ」

「……うん」

「明日じゃまだ早いかな？　だいぶ熟してるように見えるんだけど、駄目？」

子どもみたいに期待している壮介さんが可愛くて、思わずクスッと笑ってしまった。

「そんなに、ほおずき鳴らしたいの？」

「七緒さんに習ってみたいんだよ。笑うことないでしょ」

むくれる彼もまた可愛くて、どうしても頬が緩んでしまう。

「多分、濃い色になってるものなら大丈夫。さっき見たら、結構熟してるみたいだったから、明日やってみる？」

「ああ。楽しみだな」

嬉しそうに笑った壮介さんは、私を優しく抱きしめた。

胸の中に甘酸っぱい気持ちが広がっていく。彼を思うたびに何度も味わう恋しい気持ちだ。

「私、壮介さんが好きよ。大好き」

「どうしたの七緒さん、急に。嬉しいけどさ」

「好きなの。大好き……！」

戸惑う彼にしがみついて、その胸にぎゅっと顔を押し付けた。湧き上がる気持ちが抑えられない。

「僕だって負けないくらい、七緒さんが好きだよ。大好きだ」

私の気持ちに応えるように強く抱きしめてくれる。

好きな人に好きだと言われる、この奇跡の瞬間がたまらなく好き。

「結婚式、もっと早くにすればよかったかな」

壮介さんがため息交じりに言った。

「どうして？」

私たちは十月最後の日曜日に、鶴岡八幡宮での挙式の予約を取っていた。雨は少なく、気候もいい日にちを選んだのだけれど。

「だって、早く七緒さんのことを皆に自慢したいから」

「えっ」

「ああ、でも僕だけが七緒さんの綺麗なところを見ていたいから、やっぱり複雑だな」

「私も」

「ん？」

「私も、壮介さんの素敵な姿を皆に自慢したいけど、誰にも見せたくないな」

「真似したな？」

ふふ、と笑い合い、またぎゅうっと抱きしめ合った。

翌日、私たちは約束通り橙色《だいだい》のほおずきを鳴らして、心ゆくまで遊んで楽しんだ。

金曜日はピアノ
Nanoha Hashima
嶋ナノ
第5回
アルファポリス
「恋愛小説大賞」
大賞受賞作品
胸をかきむしって
号泣したくなる、
珠玉の恋愛小説——
車に揺られている私の膝の上には、
譜が入ったキャンバストート。
かしい旋律を奏でる彼の指が、
へたくさんのことを教えてくれる。
の日に出逢った先生のもとへ通うのは、
に一度の金曜日。
しく甘い、二人だけのレッスン。
判　定価：620円+税　Illustration：ハルカゼ
葉嶋ナノハ
金曜日はピアノ
胸をかきむしって
号泣したくなる、
珠玉の恋愛小説

セレブな親戚に囲まれているものの、本人は極めて庶民のまなみ。そんな彼女は、昔からの約束で、一族の誰かが大会社の子息に嫁がなくてはいけないことを知る。とはいえ、自分は候補の最下位…と安心してたのに就職先の会社には例の許婚がいて、あろうことか彼の部下になっちゃった！　おまけになぜか、ことあるごとに構われてしまい大接近!?

B6判　定価：640円+税　ISBN 978-4-434-22330-3

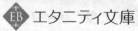

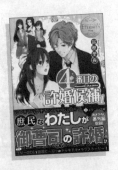

甘く淫らな恋物語
Noche
ノーチェ
ノーチェ文庫創刊!!
好評発売中
シンデレラ・マリアージュ
佐倉紫
Illustration: 北沢きょう
偽りの結婚がもたらした、淫らな夜——
間違えた出会い
A WRONG ENCOUNTER
文月蓮
Illustration: コトハ
男装して騎士団に潜入!
ところがそこで……
定価：各640円

本書は、2014 年 12 月当社より単行本として刊行されたものに書き下ろしを加えて文庫化したものです。

エタニティ文庫

今日《きょう》はあなたと恋日和《こいびより》

葉嶋《はしま》ナノハ

2016年 10月 15日初版発行

文庫編集－橋本奈美子・羽藤瞳
編集長－塙綾子
発行者－梶本雄介
発行所－株式会社アルファポリス
〒150-6005 東京都渋谷区恵比寿4-20-3 恵比寿ｶﾞｰﾃﾞﾝﾌﾟﾚｲｽﾀﾜｰ5階
TEL 03-6277-1601（営業） 03-6277-1602（編集）
URL http://www.alphapolis.co.jp/
発売元－株式会社星雲社
〒112-0005東京都文京区水道1-3-30
TEL 03-3868-3275
装丁イラスト－rioka
装丁デザイン－ansyyqdesign
印刷－株式会社暁印刷

価格はカバーに表示されてあります。
落丁乱丁の場合はアルファポリスまでご連絡ください。
送料は小社負担でお取り替えします。

ISBN978-4-434-22412-6 C0193